KB023363

명문가의
문장

명문가의 문장

석한남

학고재

일러두기

1. 소장처를 표시하지 않은 간찰과 시는 모두 저자의 소장품이다.
2. 이원익, 허목, 윤증, 송시열 등 인물 초상은 모두 국립중앙박물관 소장품이다.

책을 펴내며

절제된 언어, 그 행간에서 읽는 선비의 삶

언제부터인가 조선사회를 지탱해온 명문가의 이야기를 쓰고 싶었다. 통치사적 고정관념을 완전히 배제하는 것은 가능하지 않겠지만, 그래도 통치 권력의 시각에서 한 걸음 벗어나 명문가 선비들의 민낯을 보여주고 싶었다. 할아버지와 아버지, 아들과 손자, 형과 아우의 때로는 따뜻하고 때로는 거친 목소리들이 담긴 낱장 글들을 한곳에 펼쳐놓고 출생과 학예연찬(學藝硏鑽), 과거와 벼슬살이, 혼인과 인척 관계는 물론, 어쩔 수 없이 닮은 어투와 필체 속에 고스란히 녹아들어 파란만장한 세대를 이어 내려온 선비 정신의 유전(遺傳)을 온전히 드러내 보이고 싶었다.

필자가 십수 년간 모으고 정리한 명문가의 친필 편지와 시문 들을 번역하면서 되도록 직역으로 옮기려 했다. 문장에 스며 있는 절묘한 은유와 미묘한 어감의 차이를 모두 현대어로 옮기기엔 한계가 있고, 문장을 매끄럽게 다듬느라 버려야 하는 사소한 부분도 놓치기 두려웠기 때문이다.

그래서 종종 어색한 문장과 까다로운 한자 용어를 그대로 놓아둔 채 번역할 수밖에 없었다.

수백 년 험난한 세월에 퀴퀴한 손때로 얼룩진 글은 지금 보아도 새롭다. 초서와 옛글이 좋아 수많은 밤을 새며 열정적으로 읽고 또 읽었지만 그 속에는 명쾌하게 밝힐 수 없는 부분이 많고, 또 현재는 전해오지 않는 당시의 생활양식을 번역하면서 어설프게 풀어낸 사연도 적지 않을 것이다. 무엇보다 역사학도가 아닌 사람이 가슴으로 읽어낸 역사가 어쩌면 또 하나의 단편적인 시각이 될 수도 있을 것이라는 우려도 금할 수 없다.

우리 역사는 통치의 역사다. 우리가 배운 역사는 통치 행위를 전제로 사실을 기술하고 그 가치를 평가한 기록이다. 역사는 승자의 기록이라는 말도 있지 않은가? 역사 기록 속에는 백성의 소리가 생략되거나 감추어져 있다.

타락한 통치자들의 폭정과 벼슬아치들의 가렴주구, 참을 수 없는 굶주림을 견디다 못해 목숨을 내어놓고 저항했던 민중운동은 민란과 역모라는 작은 카테고리에 갇혀 있다. 그러나 변덕스러움과 분노조절장애, 심지어 잔인성으로 일그러진 임금이 백성을 공포로 몰아넣고 폭정과 전횡을 일삼아도 이것은 왕권 강화로 미화되거나 적어도 통치 행위의 한 행태로 정의되어 그 시대 역사의 주된 관심사로 분류되고 있다.

백성들에게는 통치 주체를 선택할 권리가 허락되지 않았고, 조선이 통치 이념으로 삼은 성리학에선 왕에 대한 무조건적인 충성이 종교적 가치와 맞먹는 윤리 규범으로 굳어버린 것이다.

요임금은 '순임금을 하늘에 천거[薦舜於天]'했다. 요임금이 죽고 나서 순임금은 요임금의 아들 단주(丹朱)를 피해 기주(冀州)의 남쪽으로 갔다. 그러나 백성들은 요임금의 아들을 선택하지 않고 순임금을 따랐고 마침내 순임금이 천자의 자리에 올랐다. 만약 순임금이 요임금의 궁에 그대로 머물며 왕위를 계승했다면 그것은 왕위 찬탈에 지나지 않았을 거라고 맹자는 말했다.

순임금은 '우임금을 하늘에 천거[薦禹於天]'했다. 순임금이 죽자 우임금도 순임금의 아들 상균(商均)을 피해 양성(陽城)으로 가서 숨었다. 그러자 백성들은 순임금의 아들을 선택하지 않고 우임금을 따랐고 이에 우임금은 천하를 다스리게 되었다.

우임금은 죽기 전에 익(益)에게 왕위를 양위했다. 우임금이 죽자 익은 우임금의 아들을 피해 기산의 북쪽으로 갔다. 그런데 백성들이 이번에는 익을 따르지 않고 우임금의 아들 계(啓)를 선택했다. 백성들의 마음이 이미 계의 어짊에 기울어 있었기 때문이다.

왕은 후계자를 하늘에 천거하고, 백성은 왕을 스스로 선택했다. 이것이 이른바 '천(天)'과 '명(命)'이다. '천명(天命)'이 합쳐진 곳에 왕위가 존재할 수 있었다.

공자는 인(仁)의 정치를 실현할 군주를 찾아 평생을 주유천하(周遊天下)했다. 맹자는 정치가 인의(仁義) 위에서 이루어지면 백성들이 스스로 찾아올 것이라고 양혜왕(梁惠王)에게 역설했다.

흔히들 시대에 뒤처진 개념이라고 치부하는 유교에서의 정치 행위도 통치 주체의 행태가 어떠하든 민의, 즉 민심이 바탕이 되고 나서야 비로소 정통성을 부여받을 수 있었다. 왕과 백성과의 관계 또한 백성의 충성만 요구하는 일방적인 관계가 아니라 상호간의 도덕적 의무에서 출발하는 것이다.

『논어』「안연편(顔淵篇)」에서 공자는 "임금은 임금다워야 하고, 신하는 신하다워야 한다[君君臣臣]"고 했고, 『대학』에는 "임금이 된 자는 어짊에 머물러야 하고 신하된 사람은 공경함으로 섬겨야 한다[爲人君 止於仁 爲人臣 止於敬]"고 강조하고 있다. 심지어 맹자는 군주 된 사람이 백성의 복리를 도모하지 못하고 그릇된 행동으로 백성을 괴롭히면 타도될 수 있다고 못 박으면서 "백성이 가장 귀하고, 사직은 그다음이며, 군주는 가볍다[民爲貴 社稷次 君爲輕]"고 했다.

다른 시각으로 보자면 유교의 사상적 토대 위에서 형성된 성리학은 정치적·역사적 상황이 판이하게 다른 조선의 상황과는 애당초 어울리지 않는 것이었다. 오로지 한 집안에만 세습되어온 조선 왕실에서 성리학 사상은 종묘사직의 계승과 수호라는 지극히 일방적인 목적을 위해 채택한 왜곡된 이데올로기에 지나지 않는 것은 아닐까? 더 엄격히 말하면 조선의 성리학은 '이씨(李氏) 왕조'의 유지를 위해 인용된 윤리 교과서 역할에 역점이 주어진 것에 불과했는지도 모른다. 백성들은 애당초 통치 주체를 선택할 수 없었을 뿐만 아니라, 어떤 정치가 펼쳐지고 있는지 관심조차 가질 수 없었다.

조선시대에 충(忠)과 역(逆)의 평가는 정치권력을 잡은 사람의 그때그때 입장과 심기에 달렸으며, 개인과 가문의 부침과 영욕은 통치 주체의 결정에 좌우될 수밖에 없었다. 다행히 사대부들이 남긴 유려한 문장, 한두 쪽의 서간 안에서 그들의 생각과 철학, 나라에 대한 충성과 염려, 선비로 살아가면서 겪었던 갈등들이 조금씩 묻어나와 후학들이 그들의 삶을 다소나마 엿볼 수 있는 것만 해도 고마운 일이라 하겠다. 하나 신중한 선비들은 편지 안에서도 절제된 언어로 속내를 숨겨 그들의 생각을 제대로 살피기란 여간 어려운 일이 아니다.

여기에 소개한 여러 편의 서간과 글이 하나로 정리되어 읽히거나 같은 주제를 다루는 것은 아니다. 하지만 당대 내로라하는 선비들의 서간의 행간을 자세히 살펴보노라면 당시 선비들의 가문과 가족에 대한 사랑, 나라에 대한 충, 그리고 개인적인 관심사까지 찾아볼 수 있다.

필자가 선정해 이 책에 소개한 여러 가문 이야기 속에서 조선 명문가의 삶과 생각을 추적해보는 재미와 감동을 누리기를 기대하며, 삼가는 마음으로 조심스럽게 이 책을 내놓는다.

이 책이 나오기까지 도움을 주신 법무법인 율촌의 우창록 대표께 존경과 감사의 마음을 올린다.

2016년 겨울 보라매 우거에서
동네 훈장 석한남

차례

1부

성리학에는 공자가 없다

1
인간 공자

공자(孔子)가 죽은 후 어떤 이들은 그 학문의 발자취를 좇아 유학이라는 동양사상으로 계승했고, 어떤 이들은 그의 가르침을 신앙 차원으로 승화시켜 유교라는 종교로 발전시켰다. 공자는 살아서 이런 일을 상상이나 했을까? 그의 어록으로 전해오는 경전의 지엽적인 해석을 놓고 의견을 달리하는 사람들끼리 수천 년 동안 패를 갈라 논쟁하고, 서로 원수가 되며, 정쟁으로 내달려 죽고 죽이는 상황을 한없이 되풀이했다는 사실을 그가 이제라도 안다면 뭐라 할까?

공자 사상의 중심에 자리한 것은 인(仁)이다. 인은 '사람의 타고난 성품이며, 사랑의 이치[生之性 愛之理]'라고 주자(朱子)는 정의했다. 그런데 인을 실천하기 위해 만들어진 예법(禮法)이 사람과 사람 사이의 관계를 해쳐서 갈등과 분란을 일으키고, 서로 상하게 하는 원인을 만들게 된 것을 공자는 상상이나 했겠는가?

공자는 기원전 551년 노나라에서 태어나 춘추전국시대를 살다가 73세를 일기로 세상을 떠났다. 나이 70이 넘은 무사 숙량흘(叔梁紇)이 친구의 10대에 불과한 딸 안징재(顔徵在)를 들판에서 임신시켜 공자가 태어났다고 전한다. 유학자들이 그토록 부정하는 '야합(野合)'이라는 말이 여기서 나왔다. 그래서 사전을 찾아보면 야합이라는 말이 '부부가 아닌 남녀가 서로 정을 통함'으로 나오며, 뜻이 변용되어 '좋지 못한 목적으로 서로 어울린다'는 말로 쓰인다.

공자는 "많은 재주에 능한 것은 비천한 어린 시절 탓[吾少也賤 故多能鄙事]"이라고 불우했던 성장기를 털어놓은 적이 있다. 좋은 음악을 들으면 석 달 동안 고기 맛을 잊을 정도로 음악을 즐겼고, 활쏘기와 마차를 모는 일에 능했으며, 마차에 올라탔을 때는 승차 예절을 반드시 지켰다. 음식 위생에는 까다로울 만큼 철저했고, 알지 못하는 약은 누가 주어도 먹지 않았으며, "주량은 끝이 없었지만 술로 문제를 일으키지 않았다"고도 했다. 패션에 민감했으나 오른쪽 옷소매를 짧게 만들어 입을 정도로 실용성을 추구하기도 했다. "사람도 제대로 못 섬기면서 귀신을 어떻게 섬길 수 있으며, 삶도 모르는데 죽음을 어떻게 알 수 있겠느냐"며 인간적인 고백을 한 적도 있다. 실수를 저질렀을 때는 그것을 지적해주는 사람이 있어서 다행스럽다면서 "내가 한 말은 그냥 웃자고 한 것"이라는 유머 감각도 보여주었다. 무엇보다도 공자는 마구간에 불이 났을 때 사람이 다쳤는가 물었지만 말에 대해서는 묻지 않았던 휴머니스트이기도 했다.

평생을 '값을 기다리는 사람[待價者]'으로 살면서 자신을 받아줄 나라를 찾아 주유천하한 공자의 뒷모습은 사마천(司馬遷, 기원전 145?~기원전 86?)이 쓴 대로 이른바 '상갓집 개(喪家之狗)' 같은 고달픈 인생이었다.

조선의 성리학

'야합'과 '상갓집 개'로 공자의 인생을 기록한 사마천이 죽고 무려 천 년 세월 뒤에 태어난 남송(南宋)의 주희(朱熹, 1130~1200)가 집대성하고 정리한 (일명 주자학이라 불리는) 성리학은 춘추전국시대에 실존했던 '인간 공자'를 종교적 숭배 대상으로 만들어내고 말았다.

성리학은 우리나라에 들어오면서 문화적·사상적으로 불교국가인 고려와 완전한 단절을 모색해야 했던 조선 왕조가 통치이념으로 받아들이면서 종교적 성향이 더욱 강조되었다. 이는 조선의 정치권력이 왕권을 강화하고 백성을 통제하는 데 가장 적합한 사회제도와 규범을 성리학에서 찾았기 때문으로 보인다. 따라서 여기서 파생된 '예법'은 조선 사회에서 결코 거부할 수 없는 이데올로기가 되어버린 것이다.

주자의 교주주의는 우리 민족의 종교적 집착과 맞물려 백성의 삶과 아무런 관계가 없는 소모적인 이념 논쟁이 되어 파국을 향해 치달을 수밖에 없는 운명을 예고하고 있었다.

사문난적

'사문난적(斯文亂賊)'. 이는 조선 사회의 매카시즘이었다. 성리학의 사상과 예론(禮論)에 조금이라도 다른 의견을 내는 사람은 예외 없이 나라와 사회를 어지럽히는 도적으로 인식되고 공격 대상이 되었다.

당대의 실력자 우암 송시열(尤菴 宋時烈, 1607~1689)은 그가 끈질지게 설득해 벼슬길로 이끈 백호 윤휴(白湖 尹鑴, 1617~1680)가 예론 문제에서 그와 다른 입장을 보이자 절교를 선언하고 공박했다.

윤휴는 원래 송시열과 사이가 나쁘지는 않았다. 1637년 병자호란이 끝나고 당시 사림 최고 실력자로 올라선 10년 연상의 석학 송시열은 윤휴를 만나 사흘간 토론한 후, "나의 30년 독서가 참으로 가소롭다"고 말할 정도로 그를 학자로서 높이 평가했다. 윤휴는 독학으로 수학하고 어느 당파에도 속하지 않았다. 그런데 그는 학문이 무르익자 종래의 주자의 해석 방법을 비판하고 『논어』, 『맹자』, 『중용』, 『대학』 등 경전을 독자적으로 해석했다. 이런 파격적인 성향에 송시열을 중심으로 주자학을 맹신하던 학계가 크게 반발하면서 정치적으로 적대적인 관계가 되었고 유학을 어지럽히는 사문난적으로 몰렸다.

윤휴는 1659년(현종 1년) 궁중의례를 두고 1차 예송논쟁(禮訟論爭)이 일어났을 때 서인을 이끌던 영수 송시열과 대립했으나 패해 남인 세력과 함께 몰락했다. 숙종 등극 후 예송 문제가 다시 불거져 남인이 승리하며 재기해 개혁을 시도했지만, 정치적 세력이 취약해 경신환국(庚申換局)이 일어나자 남인과 더불어 하루아침에 몰락했다. 윤휴는 유배령을 받았고 그후 사사(賜死)되었는데, 사사되기 직전 "유학자가 싫으면 안 쓰면 그만이지 죽일 것까지는 없지 않은가?"라는 말을 남겼다고 전해진다.

송시열의 딸은 탄옹 권시(炭翁 權諰, 1604~1672)의 며느리이며, 윤휴의 아들은 권시의 사위이다. 송시열은 윤휴와 인척 관계임에도 사문난적으로 몰아 결국 사약을 받게 되는 중요한 원인을 제공한 것이다. 윤휴에게 일개 학문에 불과한 성리학은 송시열에게는 타협 대상이 될 수 없는 절대적인 유일사상이었다. 송시열이 한여석(韓汝碩)에게 보낸 답신에서 이러한 면모를 잘 살필 수 있다.

> 自朱子以後 無一理不顯 無一書不明 而鑴何敢自立己見 是實斯文之亂賊也
>
> 주자 이후 어떤 한 가지 이치도 밝게 드러나지 않음이 없고, 한 가지 글도 밝혀지지 않음이 없는데 윤휴가 어찌 감히 자기의 견해를 내세울 수 있는가? 이로써 그는 유학을 어지럽히는 도적이 되어버렸다.

논쟁과 당쟁

예송논쟁을 다시 살펴보자. 1659년 조선의 17대 왕 효종이 승하했다. 그는 인조에 의해 독살되었다고 소문이 났던 소현세자의 동생으로 차남으로서 왕위를 계승한 경우였다. 바로 인조의 둘째 아들 봉림

대군으로 북벌을 시도한 임금이다. 이때 효종의 계모인 자의대비(慈懿大妃)의 복상(服喪) 기간이 문제가 되었다.

이 문제는 선대 임금 인조의 과욕에서 비롯되었다. 인조는 중전이 죽자 44세 때 15세 된 장렬왕후(莊烈王后)를 새 중전으로 맞았다. 부부가 29세 차이가 나니 장렬왕후는 아들 소현세자보다 12세 어렸고 봉림대군(효종)보다도 5세나 어렸다. 그런데 효종이 죽었으니 생존한 계모 장렬왕후가 몇 년이나 상복을 입어야 할지를 두고 격론이 벌어진 것이다.

이 문제는 이렇게 정리된다. 계모지만 자식이 어머니보다 먼저 죽었고 죽은 이가 조선의 왕이었다. 그런데 적장자 왕이 아니라 둘째 아들이 왕이니 그러면 상복을 몇 년 입어야 하는지가 논쟁의 초점이다.

송시열을 중심으로 하는 서인은 효종이 장자가 아니므로 주자가례에 따른 기년(朞年, 만 1년)상을 주장했고, 미수 허목(眉叟 許穆, 1595~1682), 윤휴 등을 축으로 하는 남인들은 왕위를 계승한 효종은 장남과 다름없으므로 삼년상을 해야 한다고 주장했다.

서인의 주장이 받아들여지면서 남인들은 유배를 가는 등 조정에서 물러났다. 그리고 1674년, 이번에는 효종의 비가 세상을 떠났다. 똑같은 문제가 다시 대두되었다. 효종이 장자가 아님을 이유로 대공(大功, 8개월)설을 주장한 송시열의 서인과, 효종은 왕위를 계승했으므로 장자와 다름없다며 기년설을 주장한 남인이 대립했다. 이번에는 서인의 독주를 견제하려는 외척의 개입으로 남인의 주장이 받아들여졌다.

송시열은 유배되고 서인들은 정치권력에서 서서히 사라졌다.

예론으로부터 출발한 이 논쟁이 단순히 복상제도로 끝나지 않는데 문제의 심각성이 있었다. 해석하는 갈래에 따라 여기에는 왕권에 대한 정치적 입장의 근본적 차이가 자리 잡고 있었던 것이다. 중요하지도 않은 문제로 왜 싸웠는지 의아할 수도 있지만, 자세히 살펴보면 거대한 정치적 의도를 읽을 수 있다. 서인의 견해 속에는 왕도 일반 사대부와 동등하게 취급하려는 의도가 내재되어 있다. 확대해서 해석하면 향후 왕위 계승권에서 당시 제주도에서 유배 중이던 소현세자의 셋째 아들이 적통이 될 수 있다는 가능성마저 열어두는 셈이었다.

따라서 두 차례에 걸친 예송논쟁은 결국 왕권(王權)과 신권(臣權), 수주자(守朱子)와 탈주자(脫朱子)의 대립으로 발전해 당시 선비들에게는 목숨을 걸어야 하는 중요한 사안으로 인식될 수밖에 없었고, 어느새 그들은 피비린내 나는 정쟁의 소용돌이 속으로 빠져들어갔다. 헤아릴 수 없이 많은 사대부가 이 논쟁 속에서 당파를 지어 정쟁을 벌였고 지는 쪽은 죽음을 맞아야 했다. 한 역사 작가는 4대 사화 후에 조선의 국력이 크게 약화된 가장 큰 원인은 지식층이 무너져내린 탓이라고 했다. 싸워서 이기는 쪽이나 지는 쪽 모두 나라가 무너지는 실패를 겪은 것이다.

성리학, 그 위대한 허상의 그림자가 17세기 조선의 하늘 위에 무겁게 드리워 있었다.

2
할아버지의 중매

이원익과 허목은 조선의 대표적인 청백리로서 조선 명문가 중에서도 손꼽히는 인물들이다. 두 명문이 이어진 배경이 극적이다.

어느 날 영의정 오리 이원익(梧里 李元翼)이 퇴청하다가 노는 아이들 틈에서 어린 허목의 비범함을 발견하고, 아들 내외를 설득해 빈한한 시골 양반 자제인 허목에게 손녀딸을 출가시켰다는 것이다.

이원익 자신도 너무나 가난했고, 어린 시절 질병에 시달려 오래 살지 못할 것이라는 소리를 들을 정도였다. 그 결과 키가 자라지 못해 남들이 모두 그를 내려다봐야 했다. 그러나 인품이 출중해 정적조차도 그 앞에서는 머리를 숙였다고 전한다. 이원익이 어린 시절 사경을 헤맬 때 동고 이준경(東皐 李浚慶, 1499~1572)이 그가 뛰어난 인재라는 소리를 전해 듣고 죽음에서 건져냈다고 한다. 그러니 재능이 넘치는 허목의 이야기를 듣고 그냥 있을 수 없었으리라.

> 닷 섬들이 큰 바가지[五石之瓠]가 쓸 곳이 없어 부수어버렸다는 혜자(惠子)에게 장자(莊子)는 어떤 물건이든 쓰기에 따라 가치가 달라지는 것이라고 말하며 그를 책망한다. 이어 솜을 빠는 일을 가업으로 삼았던 어느 집안에 대대로 전해온 한갓 손을 트지 않게 하는 약[不龜手之藥]도 전쟁을 하는 장수에게는 수전(水戰)을 승리로 이끄는 결정적인 역할을 하는 비책이었다며 '쓰는 방법의 차이[所用之異]'에 대해 역설했다.[1]

어릴 때 부모를 여의고 글도 제대로 읽지 않은 채 허송세월하던 백사 이항복(白沙 李恒福, 1556~1618)이 국가의 기둥이 될 인물임을 알아차린 이웃집 노인은 이항복을 손녀사위로 삼았다. 그 노인이 영의정을 지냈던 권철(權轍, 1503~1578)로, 임진왜란의 영웅 권율(權慄, 1537~1599)의 아버지이다. 계곡 장유(溪谷 張維, 1587~1638)는 『백사집(白沙集)』의 서문에 '이항복이 태어나게 된 것은 우연한 일이 아니라 어려운 국난을 해결할 수 있도록 뛰어난 인물을 하늘이 낸 것'이라고 썼지만, 그가 큰 그릇이 될 것을 예견하고 권율의 사위로 삼은 것은 권철의 안목과 영감에서 비롯된 것이다.

허목의 출세는 전적으로 이원익의 도움에 따른 것이었다. 그는 관직으로는 수령직 중에서 최하급관인 종6품 현감을 지낸 것이 전부였던 가난한 시골 선비 허교(許喬, 1567~1632)의 아들 3형제 중 맏이로 태어났다. 과거 공부조차 하지 않았으나 그를 눈여겨본 사람이 이원익이었으니 이원익의 사람 보는 눈이 남달랐음을 알 수 있다.

1613년, 19세 허목은 완선군 이의전(完善君 李義傳, 1568~1647)의 딸이자 문충공(文忠公) 이원익의 손녀와 이렇게 혼인을 하게 된다. 그리고 세월이 흘러 허목은 과거도 거치지 않고 이조판서를 거쳐 우의정까지 올랐으며 조선 후기의 정계(政界)와 사상을 이끄는 거물로 자리매김했다.

겉모습보다 내면을 보고 허목의 그릇을 판단한 이원익의 '사람 보는 눈[知人之鑑]'이 조선사회의 한 명문가를 탄생시킨 것이다.

전주 이씨 全州 李氏

이원익(李元翼, 1547~1634)

이원익의 자는 공려(公勵), 호는 오리(梧里)이다. 왕실의 종친으로 그의 고조는 태종의 아들 익녕군(益寧君) 치(錙)이고, 서울 동수동에서 함천정(咸川正) 억재(億載)의 둘째 아들로 태어났다. 어린 시절 지독한 가난과 질병에 시달려 생사를 오갈 정도의 어려움을 겪었으나 동고 이준경의 도움으로 명종에게서 산삼을 하사받아 죽음에서 벗어났다

이원익 초상, 조선시대, 종이에 채색, 198.5×91.5cm

고 전한다.

1564년 17세에 생원시에 합격해 성균관에 들어갔고, 1569년 별시 문과에 병과로 급제하면서 관직 생활을 시작했다. 이이(李珥), 유성룡(柳成龍) 등 당대의 석학들에게 인정을 받아 35세에 동부승지가 되는 등 이른 나이부터 출세가도를 달렸다. 유성룡, 이항복, 이덕형 등 비슷한 세대의 뛰어난 인물들과 함께 파란만장한 격동의 세월을 보낸 그는 45세에 임진왜란이 일어나자 전란 극복을 위해 활약했다. 평양성 전투에선 직접 전투에 뛰어들어 공을 세워 이름을 알렸다. 1593년 이여송과 함께 평양을 탈환하는 데 기여했고, 명나라 강남의 절강성 무술 달인들을 초빙, 평양 백성들에게 본격적인 창검술을 가르쳐 평양을 방어하는 데도 큰 공을 세웠다.

이후 우의정 겸 4도체찰사가 되었다. 4도체찰사 시절 그는 남들이 기피하던 전투 현장으로 달려 나가 전선을 지휘했고, 이순신이 모함에 빠져 감옥에 들어가자 적극 변호했다. 다시 정유재란을 겪으며 좌의정, 영의정에 제수되었고, 1604년 호성공신(扈聖功臣)에 녹훈되어 완평부원군(完平府院君)에 봉해졌다.

광해군이 즉위한 후에도 그는 신임을 받았다. 다시 영의정으로 부름받은 그는 후일 김육의 대동법 모체가 되는 대공수미법(代貢收米法)을 시행하면서 전란 수습을 지휘했다. 그러나 광해군이 임해군을 처형하려 하자 극력 반대하며 사직했고, 인목대비 폐모론을 반대하다 유배되기도 했다.

1623년 인조반정 후 다시 부름을 받아 76세의 노구를 이끌고 영의정에 올랐으며, 이듬해 이괄(李适)의 난으로 공주까지 몽진한 인조를 호종했다. 1627년 정묘호란이 발발하자 도체찰사가 되어 국왕과 세자를 호위하는 등 평생을 나라에 헌신했다.

비바람도 가리지 못하는 초가집에서 평생 베옷을 걸쳐 입고 청빈하게 보낸 그는 영욕의 세월을 뒤로한 채 1634년, 줄곧 머물던 지금의 서울 금천구에서 87세를 일기로 세상을 떠났다. 임금은 그가 죽기 전 비 새는 집에 사는 그에게 집 한 채를 하사했는데 지금 KTX광명역 근처에 있다.

저서로는 『오리집(梧里集)』, 『속오리집(續梧里集)』, 『오리일기(梧里日記)』 등이 있으며, 가사로 「고공답주인가(雇工答主人歌)」가 있다.

因人得聞 令體不安 證勢彌留 不勝驚念

今春秋不至於衰極 自可痊蘇

賤豚每欲進謁 而以我臨年不得遠離

今者撥萬趨候 佇待回來 報喜之音耳

忙遽胡草 不能一一

○氏暨諸令胤前 未及各狀 只倩消息 謹拜

_ 壬申 正月 初九日 元翼 拜

인편을 통해 그대께서 편찮으시며 나을 기미가 보이지 않는다는 소

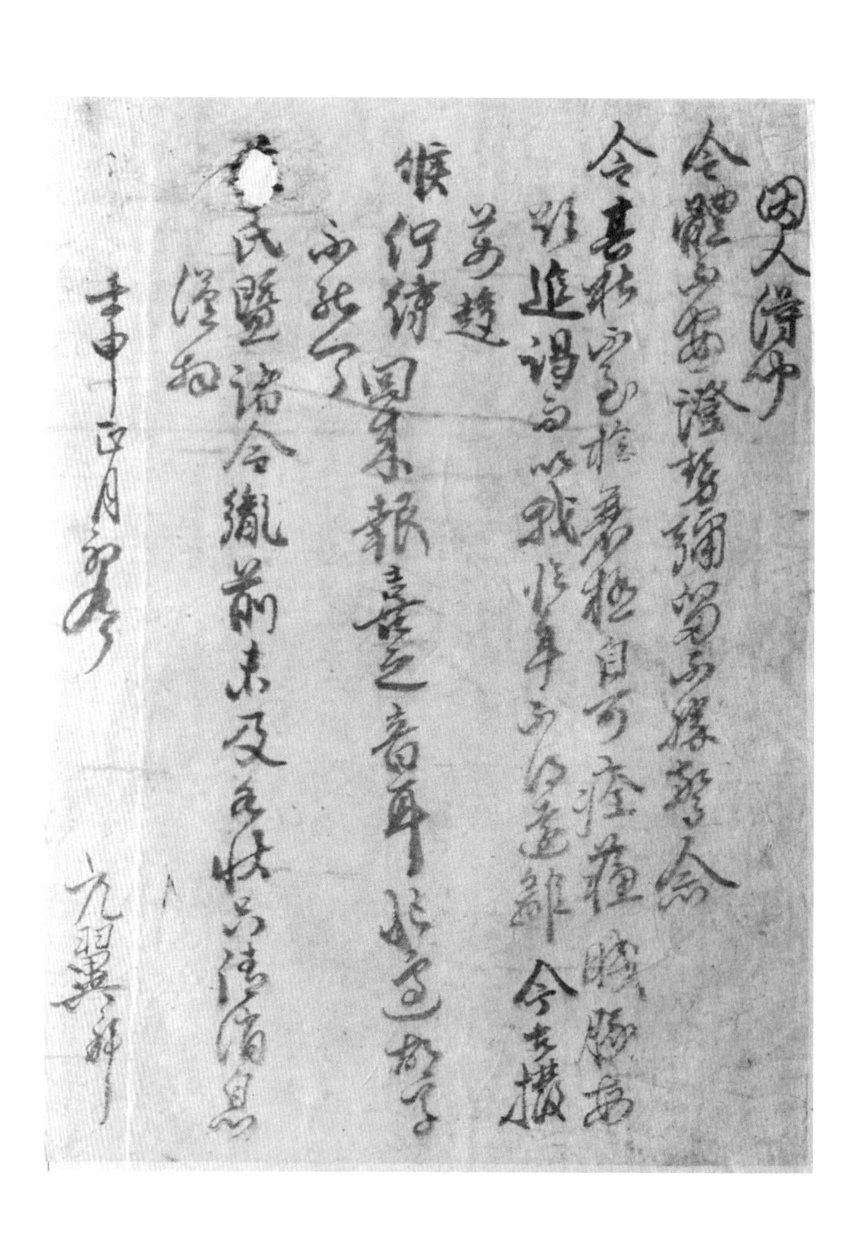

이원익의 간찰

식을 전해 듣고 놀라움과 염려를 금할 수 없습니다.

그대의 연세가 아직 노쇠할 때가 아니니 저절로 나을 것입니다.

제 아이가 늘 가서 뵙고 싶어 하지만 제가 너무 늙어 저를 두고 멀리 떠날 처지가 못 됩니다.

지금 만사 제쳐두고 가서 뵙고 문안드린다고 하니 좋은 소식 가지고 돌아오기를 기다릴 뿐입니다.

급하게 쓰느라 일일이 다 쓰지 못합니다.

○씨와 아드님들에게 따로 글을 쓰지 못하고, 대신 소식만 전합니다.

삼가 올립니다.

— 1632년 1월 9일 이원익 올림

양천 허씨 陽川 許氏

허목(許穆, 1595~1682)

허목의 자는 문보(文甫)·화보(和甫), 호는 미수(眉叟)이다. 한강 정구(寒岡 鄭逑)의 문인이다. 심학(心學)·예학(禮學)·경서(經書)·문학·병학(兵學)·의학·서예 등 배우지 않은 것이 없다고 할 정도로 학문을 열심히 닦아 당대 최고의 학자로 평가받았다.

1626년(인조 4년) 유생으로서 동학(東學)에 있을 때, 생부 정원대원군(定遠大院君)을 왕으로 추숭하려는 인조의 뜻을 지지한 박지계(朴知

誠)에게 그 이름을 유생 명부에서 지우는 벌을 가했다가 과거 응시를 금지당하는 처벌을 받아 정치의 혹독한 면을 보게 되었다.

1650년(효종 1년) 이후 정릉참봉, 내시교관, 조지서별좌, 공조좌랑, 용궁현감 등에 임명되었으나 부임하지 않거나 곧 사직했다. 1657년 공조정랑, 사복시주부를 거쳐 1659년에 장령에 임명되자 상소를 올려 송시열과 송준길(宋浚吉) 등의 정책에 반대하는 등 중앙 정부에서 정치 활동을 시작했다. 1659년 현종이 즉위한 후 효종에 대한 인조 계비 조대비(趙大妃)의 복상 기간을 서인 송시열 등이 주도해 1년으로 한 것은 잘못이므로 3년으로 바로잡아야 한다고 주장함으로써 예송 논쟁을 시작했다. 그러나 이로 인해 삼척부사로 쫓겨났다.

1674년 효종비가 죽었을 때 예송논쟁으로 남인이 집권하자 대사헌에 임명되었으나 나아가지 않고 있다가 성균관좨주(成均館祭酒), 이조참판, 우참찬(右參贊), 이조판서 등을 거쳐 우의정에 올랐는데 과거를 거치지 않고 정승에 오른 드문 경우였다.

이때 왕통을 문란하게 했다는 송시열의 죄를 엄하게 다스릴 것을 주장해, 온건론자인 허적(許積)이 이끌던 탁남(濁南)에 대비되는 청남(淸南)의 영수가 되었다. 후일 사직하고 관직에는 나아가지 않았다. 1680년 경신환국(庚申換局)으로 남인이 실각할 때 관직을 삭탈당하고 학문과 후진 양성에 몰두했으며 죽은 후 1688년에 관직이 회복되고 경기도 마전에 있는 미강서원(湄江書院) 등에 제향되었다.

허목은 퇴계 이황(李滉, 1501~1570)에서 비롯된 학문을 계승했으며,

허목 초상, 조선시대, 비단에 채색, 72.1×50cm, 보물 1509호

그의 성리학적 계통은 성호 이익(星湖 李瀷, 1681~1763)을 거쳐 다산 정약용에게 이어졌다는 평가를 받는다.

人情有萬變
世故日多端
交契亦胡越
難爲一樣看

倚伏有常數
憂喜聚一門
三復金人銘
多敗在多言
_ 眉叟 許

사람의 마음은 만 가지로 변하는 것
세상일 나날이 복잡해지고
인간관계 친분마저 호월[2]처럼 멀어지면
한결같은 모습 보기는 어려워라

화복[3]은 일정한 운수가 있고
근심과 기쁨은 한 문으로 들어오네

人情有萬變世故日多
端交契亦胡越雖爲一
樣看倚伏有常極憂
喜聚一門三復金人銘
多敗在多言
眉叟許

허목의 시

금인의 명[4]을 반복해 읽어보면

많은 실패는 많은 말에서 나오나니

__ 미수 허

白雲山水記 __

龍洲公寄書漣上 爲山水之約 僕無事得書 喜甚

至蓀嶺 從公遊觀於白雲水石

自蓀嶺至社堂四十里 社堂山下佳村 有郊原石川之勝

谷口有臥龍巖

自社堂至白雲寺三十里 川上多白礫深松 往往有嵁巖絛瀨

行川上十五里至石場 盤石甚廣 有蒼松五六株 離立石上

川流石下 深者爲潭 淺者爲灣

從石場東行又十五里 山益深水益淸 間有高壁奇巖

至洞門 潭水綠淨最佳

白雲山中古寺前 樓對巖壁 甚奇 樓壁有東洲李學士山樓記

沿溪少上 水流石上甚遠 其上曹溪

白雲東北五里 上禪最在山中高處 石峯環立 山深谷遠

望列岫 浮嵐爲山中絶景

其下古見跡寺 今墟爲墾田 田畔有道詵浮屠 刻鏤物像 奇詭萬狀

殆千年古蹟 石頹泐不可見

白雲西南五里 普門亦佳寺

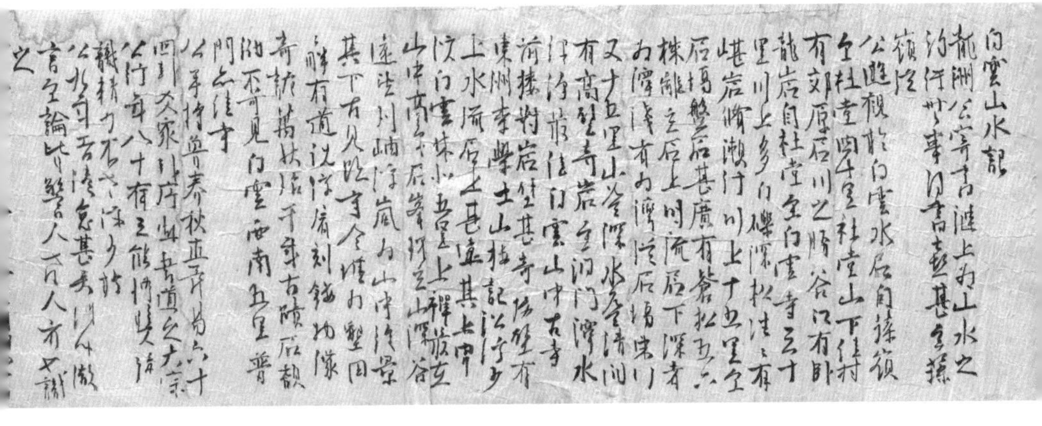
白雲山水記

허묵의 기행문

公手持魯春秋正義 易六十四卦 爻象卦序 此吾道之大宗
公行年八十有三 能博覽強識 精力不老 僕少於公九年 而倦怠甚矣
得聞微言至論 皆警人敎人者也 識之
_ 上之九年 中秋 十五日 眉叟 書

백운산수기[5]_
용주 공[6]이 연천으로 편지를 보내 산수 구경을 제안했다. 나는 마침 한가한 터에 편지를 받고 무척 기뻤다. 그를 좇아 손령으로 가 백운의 물과 바위를 두루 구경했다.
손령에서 사당까지는 40리인데 사당은 산 아래 아름다운 마을로, 들판과 바위, 냇물이 무척 아름답다. 골짜기 초입에는 와룡암이 있다.
사당에서 백운사까지는 30리 길인데, 개울가에는 흰 자갈과 소나무가 울창하다. 종종 우뚝 솟은 바위와 긴 여울을 만난다.
개울물을 거슬러 15리를 걸어 마당바위에 도착하면 매우 넓은 바위 옆으로 푸른 소나무 대여섯 그루가 늘어서 있다. 개울물은 바위 밑으로 흘러 깊은 곳은 못이 되고, 얕은 곳은 물굽이가 된다.
마당바위를 따라 동쪽으로 또 15리를 가면 산은 더욱 깊고 물은 더욱 푸른데 그 사이에 높게 둘러쳐진 아름다운 바위가 있다.
동문에 이르면 못의 물은 맑고 푸르러 가장 아름다웠다.
백운산중에 자리 잡은 옛 절 앞 누각이 암벽과 마주하고 있어 매우 신기했다. 그 누각의 벽에는 동주 이학사[7]의 '산루기'가 걸려 있다.

계곡 조금 위로 개울물이 바위 위를 타고 멀리 흘러가는데 그 위에는 조계폭포가 있다.

백운 동북쪽으로 5리를 가면 산 높은 곳에 상선암이 바위 봉우리에 둘러싸여 있다. 산은 깊고 골짜기는 아득하다.

늘어선 바위를 바라보니 짙은 안개가 피어올라 절경을 이룬다.

그 아래에 있던 견적사는 옛터만 남아 밭이 되었고 밭 주변에는 도선의 부도가 있다. 기괴하고 다양한 불상이 새겨져 있으나 천 년 가까운 세월에 돌결이 마모되어 읽을 수는 없다.

백운사 서남쪽 5리에 있는 보문사 역시 아름답다.

용주 공은 공자의 춘추정의와 주역 64괘의 효상과 괘서를 지니고 왔다. 이는 우리 도학의 대종이다.

공은 지금 연세 83세인데도 능히 두루 읽고 잘 기억하며 그 정력이 쇠하지 않았는데 나는 공보다 9세나 어린데도 권태롭기 그지없다.

그 은미한 말씀과 지극한 이론을 듣고 보니 모두 사람들을 일깨우고 가르치는 것이라 이렇게 적는다.

— 1668년 8월 15일 미수 쓰다.

백운계곡은 경기 포천시 이동면 도평리에 있다. 이 글을 따라 답사해보니 지형(地形)과 지세(地勢)는 글의 내용과 거의 일치하며, 지금도 변함없이 빼어난 절경을 보여준다. 글씨를 아는 이라면 두 사람의 글을 읽고서 정직하고 청렴한 인품을 느낄 수 있을 것이다. 나누는 사람에 따라 다르게 평가하는 이들도 있으나 이원익과 허목은 조선 3대 청백리로 꼽히는 청빈한 재상이었다. 열심히 공부하고 공직과 학문에 최선을 다한 인물로 삶이 깨끗하고 정직해 글 또한 그러하다는 것을 알게 된다.

3
삼강과 명문가

삼강(三綱)은 조선사회의 절대 규범이었다. 그러나 공자, 맹자의 사상과는 아무 관련이 없다.

'강(綱)'이란 그물을 폈다 오므렸다 하는 벼리, 즉 그물코에서 파생된 말이다. 조금 저속하게 풀이하면 임금은 신하를, 아버지는 자식을, 남편은 아내의 코를 꿴 것과 같은 위치에서 지배하고 통제한다는 주종관계의 인식이 바탕에 깔려 있다. 삼강은 한무제(漢武帝)의 총애를 받던 중국 전한시대(前漢時代) 유학자 동중서(董仲舒, 기원전 176?~기원전 104)가 백성을 통치하기 위해 정리한 윤리강령이다.

이 사상이 조선 여성들에게 출가외인(出嫁外人), 삼종지도(三從之道), 칠거지악(七去之惡) 등의 족쇄가 되면서 수절(守節), 열녀문(烈女門) 같은 여성잔혹사로 연결되어 남존여비의 봉건적 가부장제를 지탱하는 도덕 기준으로 자리 잡았다.

그러나 조선의 유학자들은 그들이 숭배하고 롤 모델로 삼은 공자가 아들 리(鯉)가 죽은 뒤 며느리를 개가시키고 어린 손자 자사(子思)를 손수 키웠다는 사실은 침묵했다.

명문가일수록, 가문의 전통이 오랠수록 가부장 문화는 깊이 자리 잡았다. 그래서 지금까지도 유전되는 "처갓집 족보는 개 족보", "처삼촌 묘 벌초하기" 따위의 천박한 속담은 남성 중심 사회에서 여인을 매개로 한 인척 관계가 얼마나 보잘것없는지를 여실히 보여준다.

탄옹 권시의 큰딸은 윤증의 처다. 권시는 조선 중기 문신이자 학자로 효종 때 입상해 현종 때 한성부우윤에 이르렀고 예송논쟁 때 윤선도(尹善道, 1587~1671)를 지지하다 파직됐다. 그의 둘째 딸은 윤휴의 아들 윤의제(尹義濟, 1640~1680)에게 출가했다. 송시열의 두 딸 중 첫째 딸은 권시의 둘째 아들 권유(權惟, 1625~1684)에게, 둘째 딸은 윤문거(尹文擧)의 아들 윤박(尹搏, 1628~1675)에게 시집갔다. 윤문거는 송시열과 동문수학한 벗 윤선거(尹宣擧, 1610~1669)의 형이며, 제자 윤증의 큰아버지이다.

권시가 자의대비(장렬왕후)의 복상 문제를 놓고 윤선도를 변호하자 송시열은 그를 규탄하며 절교했다.

윤휴가 주자 학설에 비판적인 태도를 보이자 송시열은 그를 사문난적으로 몰아 원수로 삼았다.

윤선거가 윤휴를 두둔한다고 생각한 송시열은 그와의 관계를 끊어버렸다. 명문가 사대부 대학자가 보여준, 명분을 앞세운 가차 없는 절교였다.

한편 윤증이 스승인 송시열에게 아버지 윤선거의 묘갈명을 부탁하자, 병자호란 때 강화도에 피란했다가 부친을 만나기 위해 혼자만 탈출해 살아난 윤선거의 과거 행적을 문제 삼아 끝까지 무성의한 태도를 보였다. 바로 여기에서 노론과 소론의 적대관계가 싹트게 되었다는 것은 이미 알려진 사실이다.

『장자』「인간세(人間世)」에서 위(衛)나라로 가는 제자 안회(顔回)에게 공자는 이렇게 말했다.

> 名也者 相軋也 知也者 爭之器也 二者凶器
> 명분은 서로를 반목시키며, 지식은 서로 다투게 하는 도구에 불과하니 이 두 가지는 흉기이다.

다음은 삼강에 얽매여 명분과 실리 사이에서 갈등하고 싸워온 명문가 사대부와 가족들, 그리고 그들이 남긴 간찰에 관한 이야기다. 여기서 중요한 것은 이들 대단한 사대부들이 모두 그토록 무시하던 여인들을 어머니로 둔 형제거나 부자간, 조손간, 종질간 등이면서 동문수학하던 사이로, 서로 죽일 만큼 미워하고 멀리한 인물들이 대부분이라는 점이다.

안동 권씨安東 權氏

권시(權諰, 1604~1672)

권시의 자는 사성(思誠), 호는 탄옹(炭翁)이다. 대전 도산서원에 제향된 지조 있는 학자다. 15세 나이에 이기지설(理氣之說)과 사칠지변(四七之辨)을 깨우칠 정도로 총명하고 영특해 어려서부터 공자의 제자 안회에 비유되었다. 1636년(인조 14년)에 대군사부(大君師傅)에 임명된 것을 비롯해 여러 차례 관직이 내려졌으나 나가지 않다가, 1649년 효종 즉위 후 공조좌랑을 시작으로 여러 벼슬을 거쳐 1659년 한성부우윤이 되었다. 그러나 이듬해 예송 문제가 발발하자 송시열, 송준길에 대립해 윤선도를 지지하는 상소를 올렸다가 같은 서인의 탄핵을 받아 파직되었다. 이후 송준길의 천거로 한성부좌윤에 임명되었으나 취임하지 않고 향리에 내려가 학문에 힘썼다.

2남3녀 자녀 중 큰아들은 대사간을 지낸 권기이며, 현감 벼슬을 한 작은아들 권유는 송시열의 사위이다. 장녀는 윤증에게 출가했고 차녀는 윤휴의 며느리이다. 기호학파로 예론에 밝았으며, 저서로 『탄옹집(炭翁集)』 7책이 전한다.

卽惟靜履冲裕

向承手問爲慰 未卽奉答 迨恨

韓甥美質 痛怛悼惜 不能聊遣

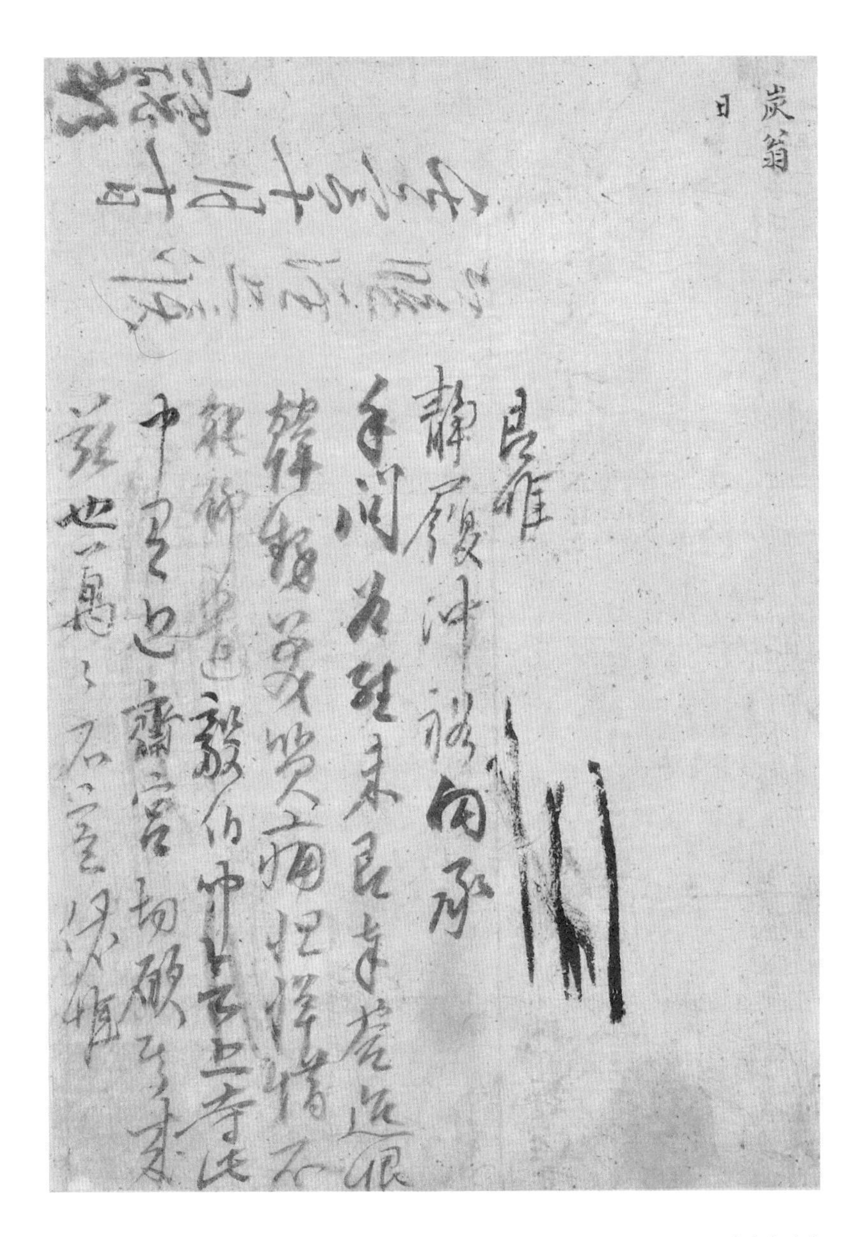

권시의 간찰

毅伯聞欲上寺 此中有近齋宮 切願其來玆也

萬萬不宣 伏惟下照 謹上候

_ 壬寅 十月 十日 諰頓

고요한 가운데 온화하고 넉넉한 마음으로 잘 계시리라 생각합니다.

지난번 보내신 편지를 받고 무척 위로가 되었습니다.

바로 답신을 드리지 못해 지금까지 아쉽습니다.

조카 한 군같이 아름다운 사람이 세상을 떠나 애통한 마음 견딜 수 없습니다.

의백이 절에 가려 한다는데 제가 재궁 가까이 있으니 여기로 와주시길 간절히 바랍니다.

이만 줄입니다. 살펴주시기 바라며 삼가 문안 편지 올립니다.

_ 1662년 10월 10일 시 올림

권기(權愭, 1623~1695)

위에 언급한 탄옹 권시의 장남이다. 자는 백인(伯仁), 호는 무수옹(無愁翁)이다. 동춘당(同春堂) 송준길 문하에서 수학했다. 병조판서를 지냈고 예송논쟁 때 송시열을 지지한 이가 송준길이다. 권기는 그에게서 배우고 1665년 온양 정시(庭試)에 급제, 사간원 대사간을 역임했고 벼슬을 버린 후 대전 보문산 남쪽 무쇠골로 들어와서 자리를 잡고 학문을 닦다가 1694년 갑술옥사 때 제주도로 귀양 가서 73세에 죽었다.

査兄 拜候 狀上

金 生員 下史 _

卽日霖炎 不審侍下 起居若何 仰傃區區

弟 董依衰喘 而汩汩冗憂 奈何

令胤 緣潦久留 到今促歸甚急 不得止 冒陰雨作行 悵嘆曷已

觀其勤學過人 沭性敏就 可尙可尙

但 噉食不多 恐有病 幸願日試補脾之藥 速治之如何

萬忙草草 不宣 伏惟兄下照 狀上

_ 癸未 五月 十七日 弟 愭 頓

사형[8]께 올리는 편지

김 생원 하사[9] _

요즈음 장마 무더위 속에 부모님 모시고 잘 계신지 궁금합니다.

저는 근근이 쇠약한 목숨만 부지하면서 쓸데없는 근심 속에 살아갈 뿐이니 어쩌겠습니까.

아드님은 장마 때문에 오래 머물다가, 지금은 돌아갈 일이 급해 더 머물지 못하고 음침한 비 속에 떠나야만 하니 마음이 너무나 아픕니다.

아드님을 보니 학문의 근면함이 남다르고, 품성이 영리하고 아름다

권기의 간찰

워 가상하기 그지없습니다.

단지 먹는 것이 많지 않아 병에 걸릴까 걱정되니 늘 원기를 돋우는 약을 써 하루빨리 치료했으면 합니다.

너무 바빠서 이만 줄입니다. 살펴주시기 바라며 글을 올립니다.

_ 1703년 5월 17일 기 올림

파평 윤씨 坡平 尹氏

윤순거(尹舜擧, 1596~1668)

조선 중기의 지사(志士)로 글씨와 문장에 뛰어났던 윤순거는 자가 노직(魯直), 호는 동토(童土)로 대사간 윤황(尹煌, 1571~1639)의 맏아들이며 어머니는 우계 성혼(牛溪 成渾)의 딸이다. 문거(文擧), 선거(宣擧)의 형이다.

성문준(成文濬)에게 학문, 강항(姜沆)에게 시, 김장생(金長生)에게 예를 배웠다. 1633년 사마시에 합격해 내시교관에 임명되었으나 내시와 접촉하기 싫어 그만두었는데, 병자호란 때 아버지가 척화 죄로 귀양 가고 작은아버지 윤전(尹烇)이 강화도에서 순절하자 정치를 멀리하고 고향에서 학문에 전념했다.

1660년 영월군수로 재임할 때 단종과 관련된 모든 기록을 수집해 『노릉지(魯陵誌)』를 편찬해 이름을 얻었다. 저서로는 『동토집(童土集)』

이 전한다. 묘비명은 조카 윤증이 썼다.

春寒尙惻 節宣若何

癈疾重以勞熱 半面腫噲 未卽叩候 秖增瞻仰

薄寒之中 砭焫是事 兄弟相守 岑岑度日 私自憐憐

堂從 伯奮之弟 季 擧窮居圻湍 困於徭役

今以永寧殿 爐炭直納責○ 徒手入城 辦得絶難 呼悶甚戚

煩高明 幸先後之如何

渠聞令咸方主張 是冀蒙令眷恤

故 敢爲之容焉 多少都付其口

不宣伏惟 令恕察 謹拜狀上

__ 卽日 服人 尹舜擧

봄추위가 기승을 부리고 있는 요즈음, 평안[10]하신지요.

저는 못된 병에 노열까지 겹쳐 얼굴 절반에 부스럼이 생겨나 바로 안부를 여쭙지 못하고 그저 그리워만 했습니다.

차가운 날씨에 침과 뜸을 일상으로 삼고 형제가 서로 지켜주며 하루하루를 지내고 있으니 참 서글프기만 합니다.

당종 백분[11]의 아우와 제 동생이 모두 기단에서 어렵게 살면서 요역[12]으로 어려움을 겪고 있습니다.

지금은 영녕전 화로에 쓸 석탄을 공급하는 일을 맡고 있는데, 빈손

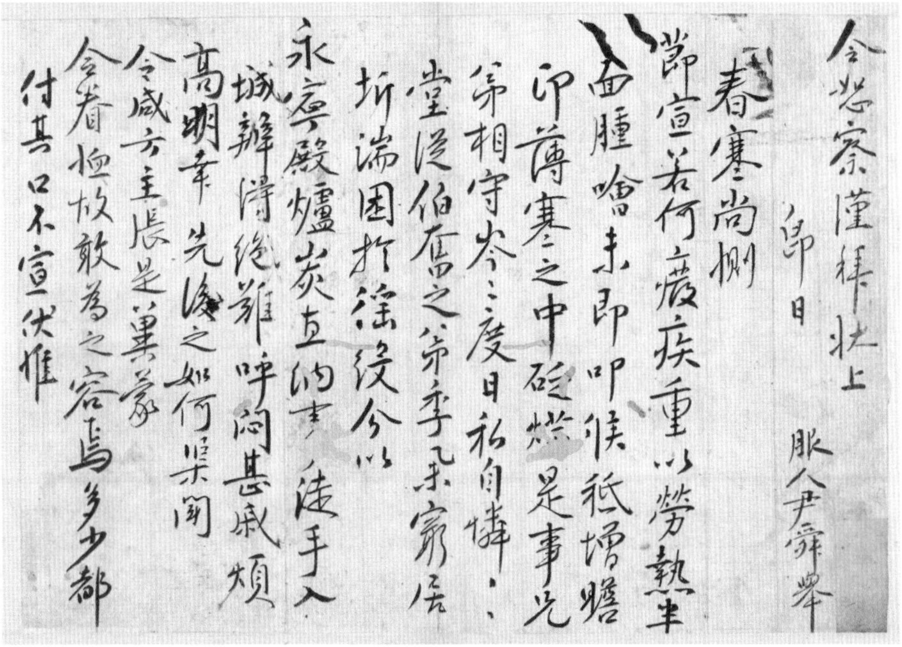

윤순거의 간찰, 서귀포 소암기념관 소장

으로 입성해 그것을 마련하느라 애를 먹고 있다고 합니다.

하소연을 듣고 보니 매우 불쌍해 번거로운 부탁을 드리지 않을 수 없습니다. 부디 앞뒤를 살펴주시기 바랍니다.

그들이 듣기로는 영감의 조카께서 이 일을 주관한다고 합니다.

그래서 그들을 가엾게 여겨 도와주시기 바라는 마음으로 영감께 감히 이런 부탁을 드리는 것입니다.

나머지는 그들이 직접 만나 뵙고 말씀드릴 것입니다.

이만 줄입니다. 살펴주십시오.

— 즉일, 상중에 윤순거

윤문거(尹文擧, 1606~1672)

윤순거의 동생 윤문거는 자가 여망(汝望), 호는 석호(石湖)로 대사간 윤황의 둘째 아들이다. 어머니는 우계 성혼의 딸이고 형은 순거, 동생은 선거이다.

1633년 식년시 문과에 급제해 검열(檢閱), 부교리 등을 지냈다. 1636년 병자호란 때 남한산성에서 인조를 호종했고 1652년 동래부사를 끝으로 관직에서 물러나 주자 연구에 전념했다. 글씨에 뛰어났으며 문집으로 『석호집(石湖集)』을 남겼다.

前日惠復 辭旨悲痛 令人益復摧裂

卽承申問 深謝至義 仍審侍下服履珍衛 區區仰慰

孤寡獲先 實荷隆愛

不忍可之狀 對之 但有涕淚 夫復何言

葬地獲定 不幸中幸 而曾幾何時 而便有掩葬之期

此痛尤不可耐 而椿府逆理之慼 何以慰之

慈闈節宣 今已大和耶 時不以聞耶

窃想賢此間情事 不但忉怛而已

幸乞深自寬抑 勿復重貽 惟疾之憂

千萬區區 臨書塡臆 不成所懷

統希情察 謹謝狀上

_ 五月 卄三日 服人 文擧 狀

전에 보내신 답장을 받고 비통해 가슴이 더욱 찢어질 듯 아팠습니다.
거듭 문안 편지를 받고 나니 지극한 의리에 깊이 감동합니다.
부모님 모시고 상을 치르며 잘 계신다고 하니 우러러 위로가 되며,
뒤에 남은 처자를 먼저 배려해주시는 융숭한 사랑에 감사드립니다.
차마 보고 싶지 않은 광경을 대하니, 눈물이 흘러 무슨 말씀을 드려야 할지 모르겠습니다.
장지가 정해졌다 하니 불행 중 다행이지만, 얼마 되지 않아 곧 매장을 해야 하니 슬픔을 더욱 참기 힘듭니다.
춘부장께서 자식을 먼저 앞세우셨으니 어떻게 위로를 드려야 합

윤문거의 간찰

니까?

자위[13]께서는 지금 원기를 회복하셨으며, 자주 소식은 듣고 계시는지요.

그대께서 요즈음 어떻게 지내시는지 너무나 걱정되지만 단지 슬퍼할 수만은 없는 노릇입니다.

바라건대 그 슬픔 억누르셔서 더 이상 부모님께 병으로[14] 걱정 끼치지 않으시기를 바랍니다.

할 말이 매우 많으나 가슴이 메어 속마음을 다 쓰지 못하겠습니다.

마음으로 살펴주시기 바라며 삼가 답장을 올립니다.

— 5월 23일 상중에 윤문거가 씁니다.

윤선거(尹宣擧, 1610~1669)

윤선거의 자는 길보(吉甫), 호는 미촌(美村)으로 윤문거와 함께 김집(金集, 1574~1656)의 문하였고 권시, 송시열, 유계(兪棨), 윤휴 등과 교류했다. 하지만 예송논쟁 때 성리학에 대한 윤휴의 태도를 변호하는 입장을 보이자 송시열과 멀어지게 되었다. 이 때문에 훗날 아들 윤증과 송시열 사이에서 벌어진 회니시비(懷尼是非)[15]의 단초를 제공했다.

27세 되던 1636년 12월 병자호란이 발발하자 어머니와 부인을 데리고 강화도로 피란했으며, 그곳에서 김상용(金尚容), 김익겸(金益兼), 권순장(權順長) 등과 함께 자결하기로 약속했다. 그러나 그는 이들과

부인의 순절을 뒤로한 채 남한산성에 있던 부친과 함께 죽기 위해 강화도를 빠져나왔고, 결국 남한산성에는 들어가지도 못하고 살아남게 된다. 당시 사대부로서는 이것이 선비의 절개를 지키지 못한 행위가 되어 평생 오욕의 근거가 되었는데 그는 모든 관직을 사양하고 평생 학문에만 몰두했다.

유계와 함께 저술한 『가례원류(家禮源流)』, 『후천도설(後天圖說)』 및 이에 관해 유계와 논변한 편지를 비롯해 많은 저술을 남겼으며, 저서로 『노서유고(魯西遺稿)』 26권이 전한다.

再昨重探 大小貴宅諸節 而兄駕既值出他 未聞其詳 悵菀當如何哉

料外謹審兄體無損 是所仰慰

第 兩胤玉 患有痘疹竝行之奇 此亦近日輪行之証 非安心偃寧

弟狀 無足奉溷 而女息尙圍之 蘇完無期 是虛弱之質 奈何

季朗兄 間果道旆耶

荷此專問 深感深感爾

餘不備謝上

卽旋於煩逋 拜謝

__ 至月 念九日 記下 尹宣擧 拜

이틀 전 귀댁 모든 분의 안부를 여쭙기 위해 거듭 들렀으나 형께서 이미 출타하셔 안부를 전하지 못했습니다. 몹시 서운하고 우울했지

윤선거의 간찰

만 어쩌겠습니까.

뜻밖에 편지를 보내주시어 몸 건강히 계심을 알게 되니 우러러 위안이 됩니다.

그러나 두 아드님이 마마와 홍역을 앓고 있다는 소식을 들었는데, 여기도 근래 돌림병이 돌아 안심하고 편히 있을 수도 없습니다.

저의 형편은 말씀 드릴 만한 것이 없습니다만, 다만 제 딸아이의 병이 아직 완쾌될 조짐이 보이지 않습니다. 허약한 체질 때문인 것을 어찌하겠습니까.

막내 형께서는 그동안 떠나셨습니까?

사람을 시켜 전하신 편지를 받고 무척 감동했습니다.

이만 글을 맺으며 답장에 대합니다.

편지를 받자마자 번포[16]가 즉시 썼습니다.

— 11월 29일 기하[17] 윤선거 배

윤증 (尹拯, 1629~1714)

윤증의 자는 자인(子仁), 호는 명재(明齋) 또는 유봉(酉峰)이다. 윤선거의 아들로 아버지와 관련해 조선 사대부가의 대단한 쟁패가 일어나게 한 장본인이 되었다.

1747년에 권시의 만사위가 되면서 그의 문하에서 배웠고 김집에게 주자를 배웠으며, 그가 송시열을 추천하면서 회천(懷川)[18]에 살던 송시

윤증 초상, 20세기, 종이에 먹, 46.5×28.2cm

열에게서 『주자대전(朱子大全)』을 배웠으니 송시열 문하였다.

부친 윤선거가 죽은 후 그는 스승이자 부친의 친구인 송시열에게 부친의 묘갈명을 부탁하면서 길고 긴 갈등이 불붙었다. 묘갈명이란 묘비에 새기는 죽은 사람의 행적과 인적 사항을 말한다. 당연히 송시열이 잘 써줄 것이라 여겼는데 송시열은 윤선거가 생전에 윤휴의 학문적 태도를 옹호한 것에 불만을 갖고 있었던 데다 병조호란 때 강화도에서 절개를 지키지 못하고 탈출한 것을 기억하고 이를 제대로 써주지 않으면서 무성의로 일관했다.

이에 윤증은 송시열의 인품을 의심하고, 사제 간의 의리를 끊으면서 그를 비난하게 되었다. 이 사건은 결국 송시열을 축으로 하는 노론과 윤증을 중심으로 하는 소론으로 서인이 양분되면서 갈등과 정치적 소란의 단초가 되었다.

그는 왕의 얼굴을 한 번도 보지 않고 우의정까지 오른 유일한 기록으로 유명하다. 36세부터 83세 때 판돈령부사(判敦寧府事)까지 계속 관직을 제수받았으나, 출사하지 않으면서도 막강한 영향력을 행사했다. 자기의 제사상 크기가 넉 자를 넘지 못하도록 유언할 정도로 평생 청빈하게 살면서 노블리스 오블리주를 몸소 실천한 조선의 대학자이기도 하다. 저서로는 『명재유고(明齋遺稿)』, 『명재의례문답(明齋疑禮問答)』, 『명재유서(明齋遺書)』 등이 있다.

頃自洛下 傳到惠書 而又因海衙便 洊承復札 披慰之深 實如對晤

第審有猶子慘慼 無任驚歎驚歎

卽惟新元 素履珍福 倍切馳仰

拯 一家喪戚連仍 昨又哭從弟 同堂無幾 而差少者先逝

後死之懷 悲不能堪 因此益無生趣 奈何奈何

兒子倖科 匪福伊懼 委荷致意 愧戢無已

別幅所示 極知出於情義 三復感歎

窮谷病蟄 與死爲隣 而嘵嘵之言 無所不有云 每獨悚仄而已

然吾兄旣聞 南溪之言 知其無他 則可知此中之尤無他耳

餘何能盡言 憑遞只此

唯希加愛 以副遠誠 謹謝狀上

— 乙亥 正月 五日 服人 拯 頓首

所謂 不合者 若指懷川之事 則有不然者 人之所見 不可强同

南溪之不能同於我 亦猶我之不能同於南溪也

唯當內加精義之功 外俟公共之議而已

雖姑未盡合有 何疑阻之事耶

恐兄欲知鄙意 故敢略布之 只可黙會 不可煩人眼也

沈德升 時相見否 不得聞問久矣

如或相見 爲傳區區戀仰之意 如何

欲奉一狀 而病未果耳

지난번 서울에서 온 편지를 받고 또 해아[19] 편으로 거듭 답장을 받

洗滌外[illegible]於兄否不得中[illegible]哉
於兄爲得[illegible]師之[illegible]於年一
[illegible]未果耳

頃自海下傳到
惠書 而又因海衙便得承
復札 披慰之深[illegible]審
有稍子 慘慼無任驚歎 即惟新元
素履珍福 僭切馳仰 拯一家喪威連
仍 昨又哭從弟 同重年幾 而差少者先
逝 後死之懷 悲不能堪 因此[illegible]生趣
索然 兒子偉科 匪福伊禍 委蒭
致書 愧戢[illegible] 別幅所 示 始知出於
情義 三復感歎 [illegible]
嘵嘵之言 [illegible]未有 每獨[illegible]吾
兄 既中南溪之言 知其[illegible]則可知此中之意
無他耳 [illegible]何能盡言[illegible]
加養 以副遠[illegible]

乙亥正月五日
服人 拯 拜

所謂不合者 不指懷川之事 則有不能
者 人之所見不可強同 南溪之不能同

윤증의 간찰

으니 마치 만나서 말씀을 나누는 것처럼 무척 위로가 됩니다.

다만 조카가 세상을 떠났다[20]는 것을 알게 되어 놀라움과 탄식을 금할 수 없습니다.

지금은 새해를 맞아 맑은 복을 듬뿍 누리고 계시리라 생각하니 더욱더 그리워집니다.

저희 집안에는 초상이 끊이지 않고 있습니다. 어제는 사촌 아우가 죽어 곡을 했습니다. 사촌은 몇 명 되지도 않는데 그것도 몇 살 어린 사람이 먼저 세상을 떠나니, 죽지 않고 살아 있는 사람으로서 감당하기 어려운 슬픔에 세상 사는 재미만 더더욱 없어집니다.

자식이 요행으로 과거에 급제했으나 제 복이 아닌 듯해 두려울 뿐이며, 축하해주시는 말씀에 부끄럽기만 합니다.

별지에 쓰신 내용은 정과 의리로 하신 말씀이어서 몇 번이나 거듭 읽고 감탄했습니다.

궁핍한 골짜기에서 병들어 움츠린 채 죽음과 이웃하고 살아도 시끄러운 말이 없을 수 없다 하니, 홀로 항상 두려워할 뿐입니다.

그러나 형께서 이미 남계[21]의 말을 들으시고 그가 다른 뜻이 없다는 것을 아셨다면, 저도 더 다를 일이 없다는 것을 아실 것입니다.

나머지는 어떻게 말로 다할 수 있겠습니까. 떠나는 인편에 여기까지만 쓰겠습니다.

부디 몸조심하셔서 먼 곳에서 기원하는 마음에 부응하시기 바라며 삼가 답장을 올립니다.

— 1695년 1월 5일 상중에 증 올림

소위 '부합되지 않는다'는 것이 회천[22]의 일을 말하는 것이라면 그것은 그릇된 것입니다. 사람의 견해가 다르다고 해서 억지로 같도록 만들 수는 없는 노릇입니다.

남계가 저와 같을 수 없듯이 저 역시 남계와 같을 수 없습니다.

단지 안으로는 정성과 의리의 공덕을 쌓고 밖으로는 공공의 의견을 기다릴 뿐입니다.

비록 지금은 생각이 같지 않다 해도 어떻게 서로 의심하며 멀리하겠습니까?

형께서 제 뜻을 알고 싶어 하실지 몰라 감히 간단히 적어봅니다. 혼자 조용히 보시고 다른 사람의 눈에는 띄지 않도록 해주십시오.[23]

심덕승[24]은 때때로 만나보십니까? 소식 들은 지 오래되었습니다.

혹시 만나실 일 있으면 제가 보고 싶어 한다고 꼭 전해주십시오.

편지 한 장 쓰고 싶은데 병이 깊어 그러지도 못합니다.

은진 송씨 恩津 宋氏

송시영(宋時榮, 1588~1637)

송시열의 종형인 송시영의 자는 공선(公先)·무선(茂先), 호는 야은(野隱)이다. 좌랑 송방조(宋邦祚)의 아들로 젊은 시절 송시열에게 많은 영향을 미쳤다.

1627년 정묘호란이 일어나자 의병을 모으고 근왕(勤王)[25]했으며, 이듬해 김장생이 천거해 벼슬길에 올랐다. 이어서 1636년 병자호란이 일어나자 강화도에서 김상용(金尙容), 홍명형(洪命亨), 심현(沈誢), 이시직(李時稷) 등과 함께 자결했다.

이 간찰에는 1627년 정묘호란이 일어난 후 의병을 모으는 일에 관해 기술되어 있다.

僉尊侍 上狀

李生員 下人

鄭生員 下人

郭生員 下人[26]_

伏惟此時僉尊候萬吉 仰慰

生 伏仗僉賜僅保

而第義兵之事 此邑則甚無統令 恐數未成 貌樣可悶可悶

欲知貴邑處置 走人 伏須詳示如何

且賊奇如有聞知 示及如何 且向者貴邑所報回答 別無所令耶

餘忙不具 伏惟下照

謹拜上狀

_ 丁卯 正月 念八日 宋時榮 頓首

송시영의 간찰

여러 어른께 올림

이 생원께

정 생원께

곽 생원께 __

요즈음 여러분 모두 잘 계시리라 생각하니 위로가 됩니다.

저는 여러분의 은혜를 힘입어 그나마 근근이 지내고 있습니다.

단지 의병을 모으는 일은, 여기 읍에서는 계통과 명령이 제대로 서지 않아 수를 다 채울 수 없을 것 같아 두렵기만 합니다.

귀 읍에서는 어떻게 조치하고 계신지, 사람을 보내니 상세히 알려주시기 바랍니다.

또 적들이 특별한지, 혹시 들어서 아시는 것이 있으면 알려주십시오.

그리고 지난번 귀 읍에 보고한 회답에 대해서 별다른 명령은 없습니까?

바쁜 관계로 이만 줄입니다. 살펴주십시오.

__ 1627년 1월 28일 송시영 올림

송시묵(宋時默, 1605~1672)

송시묵의 자는 용보(容甫)로 송시열의 둘째 형이다. 병자호란 이후 시속이 혼란하다 하여 향당(鄕黨)에 나가지 않고, 밭을 갈며 농사를 지어 부모를 돕는 한편 독서에 전념했다.

제원도찰방(濟原道察訪)으로 시작해 상서원직장(尙瑞院直長), 사재감주부(司宰監注簿), 광흥창주부(廣興倉注簿), 익위사사어(翊衛司司御) 등을 지냈으며 외직으로는 부여현감, 제천현감, 익산군수, 진산군수 등을 역임했다.

은진 송씨 가문은 대부분 출사해 조정의 녹을 먹었다. 송시묵의 형 송시희(宋時熹)는 정묘호란 때 장렬히 전사했고, 송시묵은 향천(鄕薦, 지방 장관의 추천)으로 참봉으로 벼슬을 시작해 군수에 이르렀다. 동생 송시열은 사마시에 장원급제했는데, 유학으로 나라에서 불러 지평(持平)을 제수해 출세길을 열었다. 아버지 송갑조는 이들 3형제 외에도 시도(時燾)와 시걸(時杰) 등 5남2녀를 두었다.

伏惟歲暮動止何如 仰遡區區

弟 菫得支保耳

草浦丈 病臥已久 爲慮不已

餘甚忙擾 不宣 伏惟下照 上狀

_ 辛丑 臘月 二十二日 弟 時默 頓

華蟲一首汗呈 袖去歐蘇手簡 還擲如何

한해가 저물어가는 요즈음 어떻게 지내시는지 궁금합니다.

저는 그럭저럭 살고 있습니다.

초포[27]어른께서 병석에 계신 지 오래되어 걱정이 끊이지 않습니다.

송시묵의 간찰

바쁘고 어지러워 이만 줄입니다. 살펴주십시오.

— 1661년 12월 22일 시묵 올림

약소하지만 꿩 한 마리 올립니다.

빌려가신 『구소수간』[28]은 돌려주셨으면 합니다.

송시열(宋時烈, 1607~1689)

이 명문가에서 가장 돋보이는 인물이다. 자는 영보(英甫), 호는 우암(尤庵)·우재(尤齋)이다. 1630년 80세 노구의 사계 김장생 문하에서 성리학과 예학을 배웠으나, 1년 만에 김장생이 세상을 떠나면서 그의 아들 신독재 김집(愼獨齋 金集)을 스승으로 모시고 계속 공부했다. 이때 송준길, 이유태(李惟泰), 유계, 김경여(金慶餘), 윤선거, 윤문거 등이 함께 공부했다.

27세 되는 해 종형 송시영의 권유로 응시한 생원시에 장원으로 합격하면서 이름이 크게 알려졌다. 1633년 경릉참봉으로 관직 생활을 시작해 이조판서를 거쳐 좌의정에 이르렀다. 효종, 현종 두 임금의 왕자 시절 사부(師傅)를 지냈다. 현종 대에 1차 예송논쟁으로 서인이 집권할 때까지 잠시 조정에 머물렀을 뿐 이후에는 재야에 있었으나 그를 추종하는 이들이 많았다.

2차 예송논쟁 때 서인들이 패배하자 파직 삭출되어 덕원(德源), 장기(長鬐), 거제 등지에 유배되었다. 1680년 경신환국으로 유배에서 풀

송시열 초상, 18세기, 비단에 채색, 89.7×67.6cm, 국보 239호

려나 중앙 정계에 복귀하는데, 이 시기에 소위 회니시비로 제자 윤증과 불화를 겪으며 1683년 노소 분당이 일어나게 되었다.

1689년 장희빈이 아들을 낳자마자 숙종이 원자로 삼으려고 할 때, 시기상조라며 곧은 상소를 올려 제주도로 유배되었다가 그해 6월 서울로 압송되어 오던 중 정읍에서 사약을 받고 생을 마감했다.

송시열은 기호학파의 주자(朱子)였다. 주자의 학설을 전적으로 따르고 계승하면서, 주자의 교의를 신봉하고 실천하는 것을 평생의 사업으로 삼았다. 조광조(趙光祖), 송익필(宋翼弼), 이이, 김장생으로 이어진 기호학파의 학풍이 그로써 크게 빛을 보았다.

효종 대에는 이조판서로 북벌 계획의 중심인물로 활약했다. 이 배경은 가문의 정신과 맞닿아 있다. 그의 외조부는 임란 때 조헌(趙憲)과 함께 전사한 의병장 곽자방(郭自防)이다. 만형 송시희는 1627년 정묘호란 당시 3월 6일 관서에서 오랑캐 기병과 홀로 싸우다 죽었다. 그가 젊은 시절 의지했던 종형 송시영은 병자호란 때 강화도에서 자결했다. 동문수학한 윤선거가 강화도에서 도망쳐 나온 사건에 끝내 관대하지 못한 것도 바로 이런 연유가 아니었을까?

송시열은 당대 최고의 문장가이자 서예가였다. 문장은 한유(韓愈), 구양수(歐陽脩)의 문체에 주자의 의리를 바탕으로 해 웅장하면서도 유려하고, 논리적이면서도 완곡한 면이 있었다. 특히 강건한 문장은 평판이 높았다. 글씨는 개성이 있으면서 창고(蒼古)하고 힘이 넘쳐 안진경(顏眞卿)과 주자의 글씨가 같이 녹아 있는 서체로 평가된다.

송시열의 문하에서 공부한 인물은 권상하(權尙夏), 김창협(金昌協), 이단하(李端夏), 이희조(李喜朝), 정호(鄭澔), 이선(李選) 등 당대 최고의 인재를 포함해 수백 명에 이른다. 저서로 『주자대전차의(朱子大全箚疑)』, 『이정서분류(二程書分類)』 등 방대한 저술이 전한다.

『조선왕조실록』에 3천 번 이상 이름이 등장하고, 사약을 받고 죽었음에도 문묘에 배향되는 등 전국 23개 서원에 제향되었으니, 그의 바람대로 지금까지 가히 '조선의 주자'였지만 부정적인 평가도 만만치 않았다.

答 疏上

申 生員 大孝 哀前 ＿

纍人 時烈 頓首再拜言

自承先丈之訃 不勝驚怛之至

粤自流竄以來 凡干人事 不敢自比於常時 書疏奉慰 亦不敢生意

忽於褫中 先辱手書 問此栫棘待刑之身

媿悚交至 無以爲心

先丈之棄後學 固關斯文之運氣 而亦奈何

季氏才藝 旋以能事 而下從耶

逝者已矣 而念其寡孤 誠不勝釀涕也

時烈 水土所傷 朝夕待盡

將無以報聖上好生之恩 是不能不耿耿耳

日前每以曆書進納矣 今不忍遽閣舊意

敬呈一件 想諒悲悰也

未有奉慰之期 只祝節愛順變以副遠望

不宣伏惟哀督 答疏上

— 丙辰 正月 十四日

纍人 宋時烈 疏上

申生員 大孝哀前

답장

부친상을 당한 신 생원께 —

누인[29] 시열은 머리 숙여 재배하고 아룁니다.

선친의 부음을 받고 놀라움과 슬픔으로 견딜 수 없습니다.

귀양살이를 하게 되면서 인사에 관계된 일도 감히 평소에 비할 수 없으며, 삼가 서신으로 위로하는 일조차도 감히 생각할 수 없었는데, 홀연히 파발 편으로 편지를 먼저 보내셔서 위리안치되어 죄를 기다리는 이 몸의 안부를 물어주시니 무척 부끄럽고 송구스러워 마음을 가눌 수 없습니다.

선장[30]께서 후학을 버리심이 우리 유학의 운수와 기운에 관련되어 있으니, 또한 어쩌면 좋겠습니까.

아우님의 재주도 뛰어나지만 그 뒤를 따를 수는 있겠습니까?

돌아가신 분은 가신 것이고 남은 부인과 아이들을 생각하니 참으로

尤菴

答疏上

中生員 大孝哀前

罪人時烈頓首再拜言 自承
先丈之訃 不勝驚怛之至 身自流竄以來 凡于人
事不敢自比於常時 書疏奉慰 亦不敢生意
忽於衰絰中
先丈手書問此荊棘待刑之身 愧悚交至 無以
爲心
先丈之棄後學 固關斯文之運氣 而亦奈何 李
氏才難 旋以能事而下從耶 逝者已矣 而念其
寡孤 誠不勝釀涕也 時烈水土所傷 朝夕待
盡 將無以報
聖上好生之恩 是不能不耿耿耳 日前每以曆書
進納矣 今不忍遽闕 古舊意敬呈一件 想
諒悲悰也 未有奉慰之期 只祝
節哀順變 以副遠望 不宣 伏惟
哀鑒 答疏上

丙辰正月十四日 罪人宋時烈疏上

中生員 大孝哀前

송시열의 간찰

슬퍼서 눈물만 납니다.

저는 풍토병으로 아침저녁 죽을 날만 기다리고 있어, 장차 임금님의 호생[31]의 은혜에 보답할 길이 없으니 가슴 아플 뿐입니다.

이전에 매번 달력을 올려드렸습니다만, 옛 뜻을 갑자기 접을 수 없어 한 부 올립니다. 저의 서글픈 마음은 헤아려지시지요.

만나서 위로할 길 없으니 오로지 슬픔을 참으시고 잘 적응하셔서 먼 곳에 있는 저의 바람에 부응하시기만 바랄 뿐입니다.

이만 줄입니다. 슬픔 속에서일망정 살펴주시기 바라며 답장을 올립니다.

— 1676년 1월 14일

누인 송시열 올림

신 생원 상가에

송시도(宋時燾, 1613~1689)

송시도의 자는 성보(誠甫), 호는 세한재(歲寒齋)로 송시열의 아우로서 김장생을 사사했다. 1659년 향천으로 내시교관에 제수된 후 영산현감, 의금부도사, 사헌부감찰, 장성부사 등을 역임했다.

1674년 송시열이 덕원에 유배되자 벼슬을 그만두고 따라가서 시중을 들 정도로 뜨거운 형제애를 보였다. 이때부터 죽을 때까지 당시 치열했던 당쟁의 전말과 이에 대한 조정의 처리 과정, 송시열이 유배된 배경 등을 일기 형식으로 저술했다. 1689년 송시열이 제주도에 유배되었을 때 따라갔다가 그곳에서 풍토병으로 죽었다.

伏不審 返旆後閤履如何 伏慕之至

弟亦無他矣

祭物單子 弟於淸林寺受之矣

昨得珍衙書 則正朝不能作掃墓之行

祭需亦有難備之教

弟 更稟以如此 則寧自此備淸州祭需 而直送之

不須移南來之物云

今明當得其指揮矣

以此以後 承珍衙之教 然後可以奉告矣

鶴昏定於二月廿六 女昏定於二月初九云

其果能皆順行否耶

餘萬忙草 不備 伏惟下鑑

_ 丁未 臘月 廿一日 弟 時燾

행차가 돌아가신 후 집안 모두 안녕하신지요. 무척 그립습니다.

저는 잘 있습니다.

제물단자(祭物單子)는 제가 청림사에서 받았습니다.

어제 진아[32]에서 편지를 받았는데 정월 초하루에는 성묘하러 가기

송시도의 간찰

힘들다고 합니다.

제수도 마련하기 어렵다고 해 제가 다시 사정을 알렸습니다만

차라리 여기서 청주의 제수를 마련해 직접 보내도록 하고

남쪽에서 온 물품은 옮길 필요가 없다고 합니다.

금명간 지시가 있을 것인데 그 후에 진아의 지시에 따라 말씀드릴

수 있을 것입니다.

학이의 혼사는 2월 26일, 딸의 혼사는 2월 9일로 잡혔다고 합니다.

과연 모두 잘 진행되겠지요.

바빠서 일일이 다 쓰지 못합니다. 살펴주십시오.

— 1667년 12월 21일 시도 올림

송시걸(宋時杰, 1620~1697)

송시걸의 자는 수보(秀甫)이며 송시열의 막냇동생이다. 서산, 순창, 남평의 군수를 역임했다. 후대에 무주공파(茂朱公派)의 파조로 받들어진 인물이다.

悠悠戀仰 歲暮益切 意外進士之來傳惠札

蘇慰十分 足當一奉 況審政候萬相耶

弟 亦汩汩無他 所謂太守之味 彼此奚殊

進士 千里跋涉 未免空還 甚可歎也 奈何

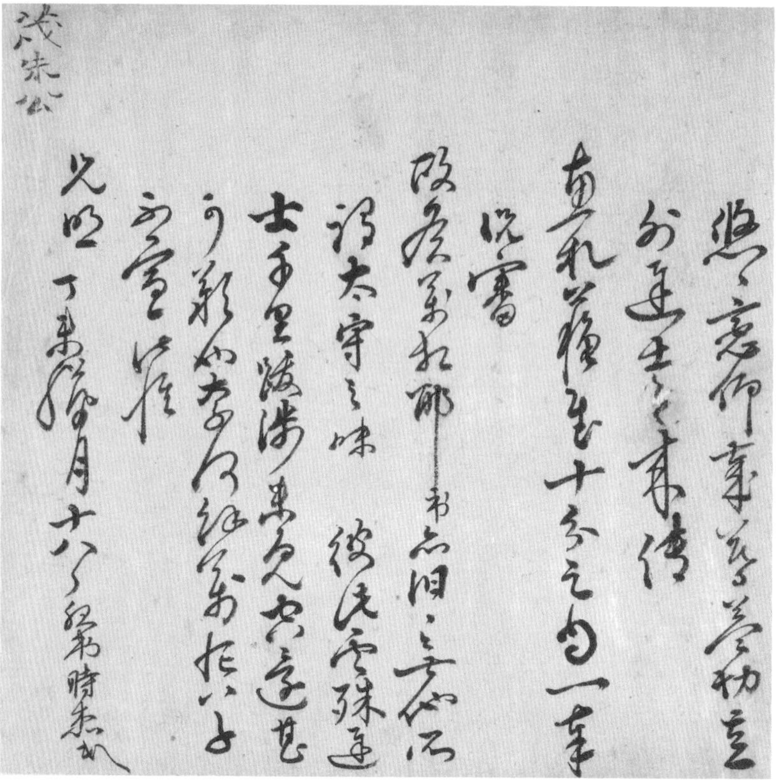

송시걸의 간찰

餘萬忙草不宣 伏惟兄照

_ 丁未 臘月 十八日 服弟 時杰 頓

아득한 그리움이 세모에 더욱 간절한데 뜻밖에 진사가 와서 편지를 전해주니 한번 뵌 것 못지않게 크게 위안이 되었습니다.

하물며 정무를 돌보시며 잘 계시다 하니 더욱 그러합니다.

저는 별일 없이 골골대고만 있으니, 이른바 태수를 하는 맛이 여기나 거기나 다를 게 무엇 있겠습니까.

천 리 걸음을 한 진사를 빈손으로 돌려보내려니 한탄스럽기 그지없지만 어쩔 도리가 없습니다.

바빠서 이만 글을 맺습니다. 살펴주십시오.

_ 1667년 12월 18일 상중에 시걸 올림

남원 윤씨 南原 尹氏

윤휴(尹鑴, 1617~1680)

예송논쟁의 중심인물 윤휴의 자는 희중(希仲), 호는 백호(白湖)·하헌(夏軒)이다. 광해군의 왕권을 지키고자 한 대사헌 윤효전(尹孝全, 1563~1619)의 늦둥이로 태어나 두 돌도 되기 전에 아버지를 여의었다. 거의 독학으로 학문을 닦았으나 어려서부터 매우 출중했다. 20세 되던 해 속리산 복천사(福泉寺)에서 만나 사흘 토론한 10년 연상의 석학 송시열이 "나의 30년 독서가 참으로 가소롭다"고 탄식할 정도였다.

윤휴는 개혁적 성향을 가진 청남[33]의 영수였고 북벌론자였기에 기존 주자의 해석 방법을 비판하고 경전을 독자적으로 해석해 조선 사대부가를 뒤흔들었다. 윤휴는 주자의 학문적 업적을 높이 평가하면서도 그 이론의 토대 위에서 새로운 해석과 이해를 위해 당시로서는 파격적인 시도를 주저하지 않았다. '주자 시대에 태어나 제자가 되었더라도 그의 이론에 의문점이 있다면 줏대 없이 따르지 않고 해결책을 강구했을 것이며, 주자 자신도 역시 그렇게 했을 것'이라 주장한 것이다.

윤휴의 학문은 초기에는 당파를 초월해 호응을 받았으나 주자를 숭배하던 송시열, 송준길 등에 의해 사문난적으로 규탄받고 정치적으로 배척되었다. 이렇듯 학문적으로 자유롭고 혁신적인 사상을 펼친 대학자 윤휴는 본래 당색에 얽매이지 않았으나, 예송 문제로 서인과 대립하면서 남인의 길을 걷게 되었다.

주요 정책으로 북벌론을 주장했고, 우참찬, 이조판서, 대사헌 등 관직을 역임했으나 서인의 탄핵으로 경신환국 때 유배를 받았고, 숙종의 명으로 사사되었다. 그로부터 9년 후에는 자신을 죽인 숙종에 의해 신원되고 영의정에 추증되었다.

주요 저서로는 『독서기(讀書記)』가 있다. 이는 『중용』, 『대학』, 『예기』, 『춘추』 등에 독특한 주석을 단 책으로 조선 유학사에서 중요한 업적으로 평가된다.

意外問字 就審仕履有相 殊慰憂思

鄙 衰病之故 作此歸田之計 而職名在身 是用憂悶

寄惠淸䝨 多感情眷 留此之久

或可得一面耶

不宣

__ 三月 卄五 鑴

뜻밖에 편지를 받고 벼슬살이 잘하고 계신 것을 알게 되어 걱정스럽던 마음에 위로가 되었습니다.

저는 병으로 쇠약해져 전원으로 돌아갈 계획을 세웠지만 맡은 직책 때문에 고민입니다.

보내주신 꿀은 오랫동안 보살펴주시는 정으로 매우 고맙게 받았습니다.

한번 만나뵐 수는 없을는지요?

이만 줄입니다.

__ 3월 25일 휴

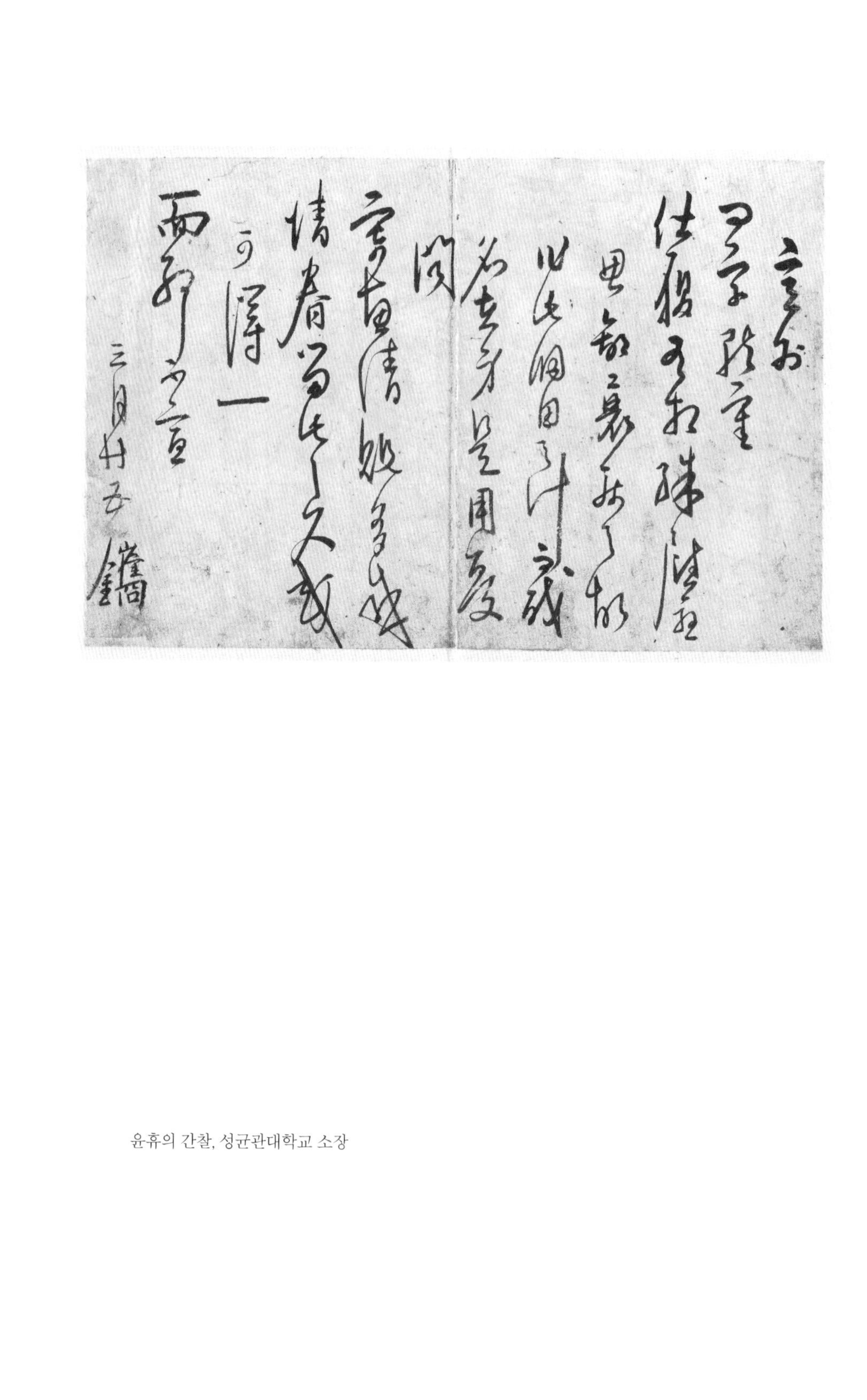

윤휴의 간찰, 성균관대학교 소장

풍양 조씨 豊壤 趙氏

조익(趙翼, 1579~1655)

조익의 자는 비경(飛卿), 호는 포저(浦渚)·존재(存齋)이다. 아버지는 첨지중추부사 영중(瑩中)이며, 어머니는 찬성 윤근수(尹根壽)의 딸이다. 이황 계통의 학문을 이어받은 외할아버지 윤근수의 문인으로, 장현광(張顯光)에게도 배웠다.

음보(蔭補)로 종4품 무관직인 정포만호에 올라 1598년 선조 31년 임진왜란 당시 군량미 23만 석을 운반하는 큰 공을 세웠다. 1602년 별시문과(別試文科)에 병과로 급제하고 여러 벼슬을 거쳤는데, 1611년 수찬(修撰)으로 있을 때 당시 논란이 된 김굉필(金宏弼), 조광조, 이언적(李彦迪), 정여창(鄭汝昌) 등을 문묘에 배향할 것을 주장해 정인홍(鄭仁弘)과 대립하다가 고산도찰방으로 좌천되었다. 이후 인목대비(仁穆大妃) 유폐로 은거했다가 인조반정으로 재임용되어 이조판서, 예조판서, 대사헌을 거쳐 좌참찬(左參贊)이 되고, 효종이 즉위한 후에는 우의정과 좌의정에 올랐다.

이원익의 뒤를 이어 대동법 시행을 적극 주장했다. 성리학의 대가로 예학에 밝았으며 저서에 『포저집(浦渚集)』, 『서경천설(書經淺說)』, 『역상개략(易象槪略)』 등이 있다. 조익, 조복양, 조지겸으로 이어지는 3대에 걸친 문장가로 이름나 있다.

有諸雅契 拜狀上

趙生員 侍史 _

頃得穩奉 迨用爲幸

近日向熱 侍學諸況何似

生 昨自圻庄還 病喘幸依昔 未知近間或更東來耶

仰恐 新昌色吏 金士秀者 方被囚於兵營 此時各官 當納兵營之物

未納者何限 然 此縣 則民散財竭 在諸邑爲尤甚

其有所未收 豈是色吏之罪乎

繫於營門 爲日已久 其情實爲可憫

幸曲陳於兵相 前期蒙寬宥 如何

似聞兵相 方在稷山 然 其本宅 必頻有往來人 幸速圖之 是望

此吏乃生之婢夫 而其婢乃切族之女子也 情不與他婢僕同者也

故 敢此更仰 懇圖是幸 且似聞西報頗急 而未得其詳

如有所聞 示及亦仰 餘萬 俟見乃盡 謹拜狀上

_ 壬戌 五月 一日 翼 頓

다정한 벗님들에게 올림

조 생원 시사[34] _

지난번 만나 대화를 나눈 것이 지금까지도 다행스럽습니다.

근래 더위가 찾아왔는데 부모님 모시고 학문하는 일은 어떠신지요.

저는 어제 경기도 농장에서 돌아왔습니다. 몸이 부실하긴 하지만

조익의 간찰

예전보다 나빠지지는 않아 다행스럽습니다.

가까운 시일 안에 다시 동쪽으로 가게 될지 모르겠습니다.

드릴 말씀은, 신창의 아전인 김사수라는 사람이 지금 병영에 수감되어 있습니다.

각 관아에서 병영에 공물을 납부할 때 내지 못한 곳이 많았으나, 이 고을은 백성이 흩어지고 재물 고갈이 여러 읍 중에 가장 심했으니, 거둬들이지 못한 것이 어찌 아전의 죄겠습니까.

영문(營門)에 갇힌 지 오래되어 그 사정이 가련합니다.

바라건대 병마절도사에게 간곡히 말씀드려 정해진 기일 전에 풀어주실 수 없으시겠습니까.

듣자니 병마절도사가 지금 직산에 계시지만 그 본가와는 반드시 자주 왕래하는 자가 있을 것이니 빨리 조치해주시기 바랍니다.

이 아전은 저희 집 여종의 남편이며, 이 여종은 가까운 친족 집의 여자입니다.

인정이 다른 비복들과는 같지 않아 감히 다시 부탁드리니 간곡히 말씀드려주십시오.

또 서쪽 소식[35]이 자못 위급하다고 하는데 상세히 알지 못하니, 만일 들리는 소문이 있으면 이 또한 알려주시기 바랍니다.

나머지는 뵙고 말씀드리겠습니다.

이만 줄입니다.

— 1622년[36] 5월 1일 익 올림

조복양(趙復陽, 1609~1671)

조복양의 자는 중초(仲初), 호는 송곡(松谷), 좌의정 조익의 아들이다. 어머니는 성주 현씨(星州 玄氏)로 덕량(德良)의 딸이다. 김상헌의 문인이다.

1633년 사마시에 합격하고 1638년 정시문과에 급제한 뒤 검열 지평 등을 역임했다. 평소 강직한 성품으로 바른 말을 많이 해 왕의 미움을 샀고 수차례 체직과 파직을 반복했으나 그때마다 김상헌의 문하에서 동문수학한 조석윤(趙錫胤) 등의 도움으로 어려움을 벗어났다.

현종 즉위 후에 구휼 담당인 진휼청당상(賑恤廳堂上)을 맡아 흉년으로 기아에 있는 백성들을 구제하는 데 힘썼고 부제학, 예조참판, 병조참판, 동지성균관사, 강화유수를 역임하고 여러 차례 대사성을 지낸 뒤 원자(元子)의 보양관(輔養官)이 되었다.

1668년에는 예조판서로 대제학을 겸해 정시(庭試)를 총괄하면서 과거의 시제(試題)가 같은 것이 두 번 출제된 실수로 파직되었다가 다시 관직에 복귀해 형조판서, 우참찬, 대제학, 이조판서, 예조판서를 역임했다. 저서로 『송곡집(松谷集)』이 있다. 시호는 문간(文簡)이다.

卽承尊遠札 仍審新春 政履多福 慰荷無任

僕 董支病拙 餘不足喩

惠來兩魚 深感厚意

餘冀以時增重

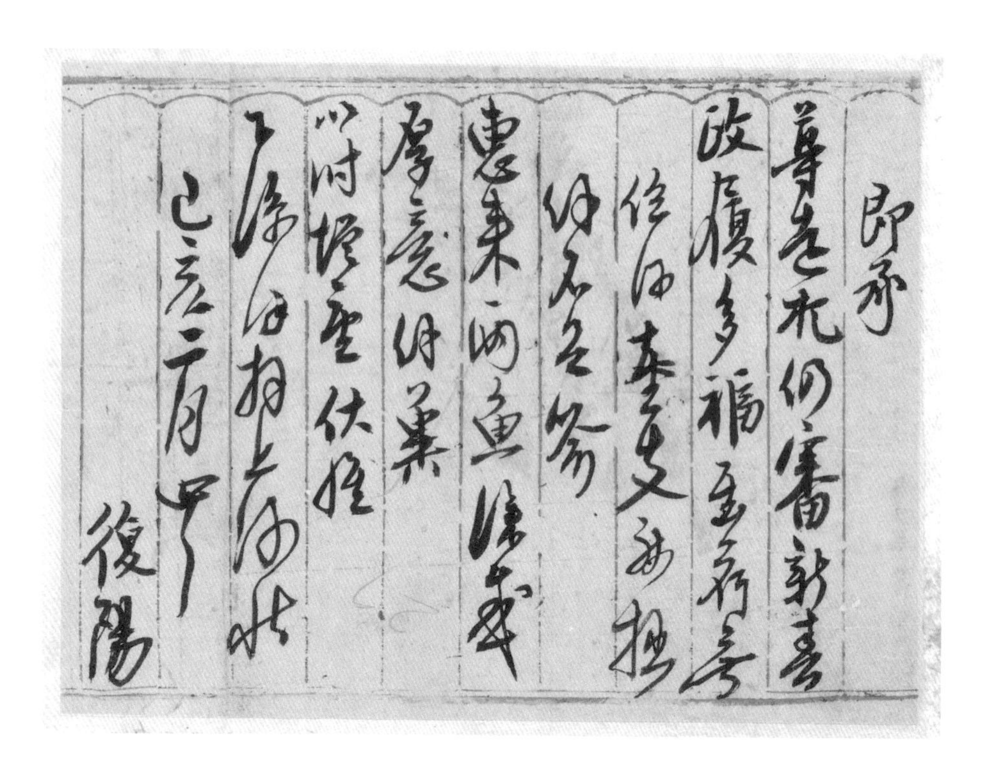

조복양의 간찰

伏惟下諒 謹拜上謝狀

— 己亥 二月 四日 復陽

멀리서 그대가 보내준 편지를 받고 새봄을 맞아 정사를 돌보시며 많은 복 누리심을 알게 되니 위로와 감사가 넘칩니다.

저는 병들고 볼품없는 채로 근근이 지내고 있어 달리 드릴 말씀이 없습니다.

생선 두 마리를 보내주신 후의에 깊이 감사드립니다.

때를 따라 복이 더하시기를 빕니다.

살펴주시기 바라며, 삼가 답장을 올립니다.

— 1659년 2월 4일 복양

조지겸(趙持謙, 1639~1685)

조지겸의 자는 광보(光甫), 호는 오재(迂齋)로, 복양의 아들이니 3대의 문장가였다.

1663년(현종 4년) 진사가 되고 1670년 별시문과에 을과로 급제해 승지, 대사성, 부제학, 형조참의, 고성군수, 경상도관찰사 등을 역임했다. 문장이 뛰어나며 맑은 처신으로 명망이 두터웠다.

아버지 조복양이 어려서부터 윤순거 형제와 교우했으며, 윤선거와는 윤선거의 상에 복(服)을 함께 입었을 정도로 친분이 두터워서, 그의 아들 증(拯)과 우의가 각별했다.

1683년 사간(司諫)으로 재직할 때 서인 김익훈(金益勳)이 남인의 모반사건을 허위로 조작해 남인을 해치려 하자 이를 탄핵해 처단할 것을 주장하면서 민정중(閔鼎重), 김석주(金錫胄) 등과 불화하고 마침내 송시열과 대립하게 되었다. 이 사건은 결과적으로 노론·소론으로 분당되는 하나의 계기가 되어 조지겸은 윤증과 함께 소론의 중심인물이 되었다.

윤지선(尹趾善), 최석정(崔錫鼎), 오도일(吳道一), 한태동(韓泰東), 남구만(南九萬) 등과 교유했으며 문인으로는 권구(權絿) 등이 있다. 경상도 관찰사로 재임할 때 죽었다. 저서로 『오재집(迂齋集)』이 있고, 편서로 『송곡연보(松谷年譜)』가 전한다.

罔極 罔極 尙忍言 尙忍言

天乎 人乎 何知慘禍之一至於此境也

伏想 兄主險路驅馳 當此罔極 其致傷當 如何如何 尤切憂慮萬萬

初一間 從兄主 及鱗弟 憲弟 幷爲下去 須待此行之至 發行如何

勢當姑出 邑底人家耳

山則當用瓦洞爲計 內行亦當同往瓦洞矣

凡事千萬審量而爲之. 無有輕率之擧

且節招毋大致傷 至望至望

臨書不盡 罔極罔極 夫忍云云

吾行初三日間 當發 初六日之內 必達於其處矣

從兄言不必信 若是近地 招許也 見之如何

_ 己亥 十月 廿六日 舍弟 持謙

망극합니다. 망극합니다. 무슨 말을 하겠습니까. 차마 무슨 말을 하겠습니까.

하늘 탓인가요? 사람 때문인가요? 참화가 이 지경에 이를 줄 그 누가 알았으리오.

엎드려 생각하니 형께서 험한 길 달려오셔서 이토록 망극한 일을 당하시니 그 몸 상하심을 어찌하면 좋겠습니까.

더욱 간절한 마음으로 염려하고 또 염려합니다.

초하루 사이에 종형과 아우 인과 헌[37]이 함께 내려갔으니 이 행차가 도착하기를 기다려 바로 출발하는 것이 어떻겠습니까.

형편상 우선 읍내의 인가에서 나왔습니다.

산소는 와동에 쓰기로 했으며, 부녀자들은 당연히 와동으로 함께 가기로 했습니다.

모든 일은 깊이 헤아려 해야 하며 경솔하게 해서는 안 될 것입니다.

또 날씨에 몸이 크게 상하지 않기를 간절히 바랍니다.

망극하고 또 망극해 무슨 말을 써야 할지 모르겠습니다.

저는 초사흗날에 출발해 초엿샛날 안에 그곳에 당도할 것입니다.

종형의 말은 꼭 믿을 만한 것이 못되고, 가까운 곳이면 부를 것이니

조지겸의 간찰

한번 와보심이 어떻겠습니까.

_ 1659년 10월 26일 동생 지겸

안동 권씨 安東 權氏

권격(權格, 1620~1671)

권격의 자는 정숙(正叔), 호는 육유당(六有堂)이다. 1650년 진사가 되고 다음 해 정시문과에 급제해 승문원 정자가 된 이후 정언, 지평을 거쳐 사간, 집의에 오르고 세자시강원에 오래 있었다. 현종 때 당쟁을 일삼은 죄로 유배되었다. 집의로 재기용되었다가 충청도, 황해도 도사, 강릉부사 등 외직에 있었다.

북송 때 학자인 횡거 장재(橫渠 張載, 1020~1077)의 '말에는 배움이 있고, 행동에는 법이 있으며, 낮에는 일이 있고, 밤에는 얻음이 있으며, 잠깐이라도 마음에 숨이 있고, 숨 쉬는 사이에도 수양이 있어야 한다[言有教 動有法 晝有爲 宵有得 瞬有存 息有養]'는 가르침을 평생 본받아 서당의 이름을 '육유(六有)'라 하고 여기에서 호를 취했다.

奉別 洪使君 靜州之行 _

龍門一唱壯元郎

文彩風流早歷敭

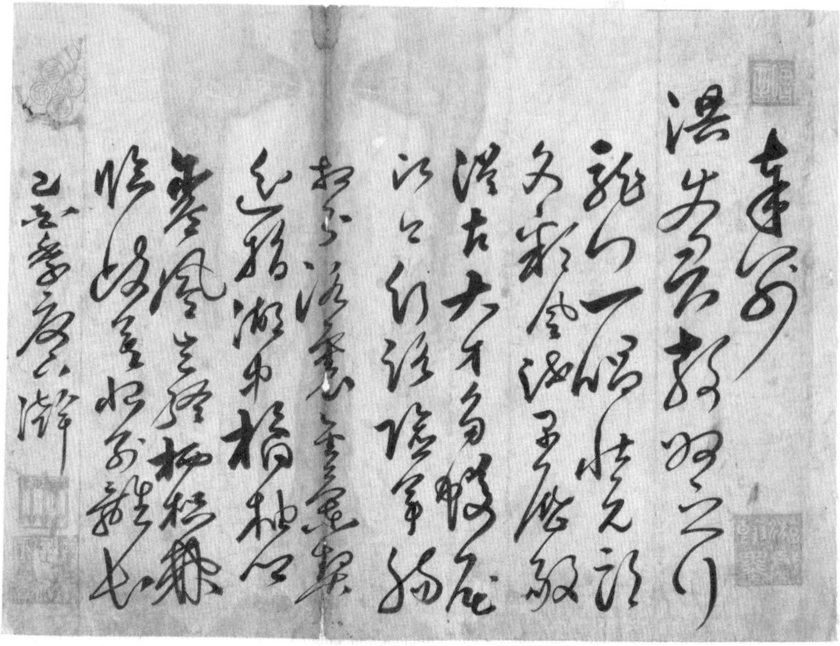

권격의 시

溢古大才多蠖屈

卽今行路險羊腸

相分路裏金蘭契

遙指湖中橘柚鄕

鸞凰豈終栖枳棘

臨歧莫恨別離長

— 己酉 季夏 下澣

印章[38]: 贈言, 游戱翰墨, 相思千里, 花山世家, 權格, 正叔之章

정주[39]로 떠나는 홍 사군[40]과 작별하며 —

과장에서 장원급제[41]로 이름을 날렸고

문장과 풍류는 일찍부터 알려졌네

큰 인재가 잠시 몸 굽힘[42]은 이전부터 흔한 일

지금 떠나는 길 험한 일도 많으리

헤어지는 길 위에서 금란계[43]를 맺고

아득한 호남 땅 귤과 유자의 고장을 향하네

난새 봉황새가 어찌 가시나무에 깃들리오

헤어지는 길에서 긴 이별이라 슬퍼 마소서

— 1669년 6월 하순

권상하(權尙夏, 1641~1721)

권상하의 자는 치도(致道), 호는 수암(遂菴)·한수재(寒水齋)이다. 권격의 아들로 권상유(權尙游)의 형이며 송준길, 송시열의 문인이다.

1659년 자의대비의 복제 문제로 송시열이 관작을 추탈당해 덕원에 유배되면서 남인이 득세하자 관직에 진출하는 것을 단념하고, 청풍(清風) 산중에서 학문에 힘쓰며 제자를 모아 유학을 강론하는 한편 정주(程朱)의 서적을 교정했다.

1689년 기사환국으로 송시열이 제주도로 유배 가고, 다시 소환되어 정읍에서 사사될 때 스승의 의복과 서적 등 유품을 가지고 돌아왔다. 이후 숙종이 지속적으로 대사헌, 판서, 좌의정 등의 벼슬을 주어 중용하려 했으나 사직소를 올리고 나아가지 않았다. 그는 숙종 대 치열한 정쟁의 현실에도 출사하지 않고 오로지 학문에 몰두했다.

성리학에 있어서는 이이, 송시열로 이어지는 기호학파의 학풍을 계승해 이이의 '기발이승일도설(氣發理乘一途說)'을 지지했으며, 문하에서 한원진(韓元震), 이간(李柬), 윤봉구(尹鳳九), 채지홍(蔡之洪), 이이근(李頤根), 현상벽(玄尙璧), 최징후(崔徵厚), 성만징(成晩徵) 등 이른바 '강문팔학사(江門八學士)'를 배출했다. 저서로는 『한수재집(寒水齋集)』, 『삼서집의(三書輯疑)』 등이 있다.

崔立行附書納否 比日頗熱 動靜何似

臺啓停後 辭章已上否

卽見吏判書以恐難仍居 爲言其勢 終必遞歸

內行將遣於此中耶

碣役刻到幾何 不堪憧憧

此中老少無恙 餘不須言

魯仁告行 草此附信 要之 數月之間 可得相面還可慰也

餘不盡

_ 丙戌 四月 卄日 兄

別薦以何人應命耶

季令 所遭非常 恐難仍居 咄歎咄歎

內行交代出後 卽送無妨 而前頭盛熱 作行又難 可慮

竹輿兩機 折破殆盡 可惜

聞營中多竹 陳舊不折者兩介 仍便覓送如何

不須染作 斑爛之色 亦可用

因齋諸文已脫藁矣

최립[44]이 가는 길에 부친 편지는 받았는가?

요즘 날씨가 자못 더운데 건강은 괜찮은가?

대계[45]가 정회된 뒤 사직서는 올렸는가?

지금 이조판서의 글을 보니 그 자리에 그냥 머물기는 힘들지만,

결국 반드시 체임되어 돌아오게 될 것이라는 말이네.

내행[46]은 장차 여기로 보낼 것인가?

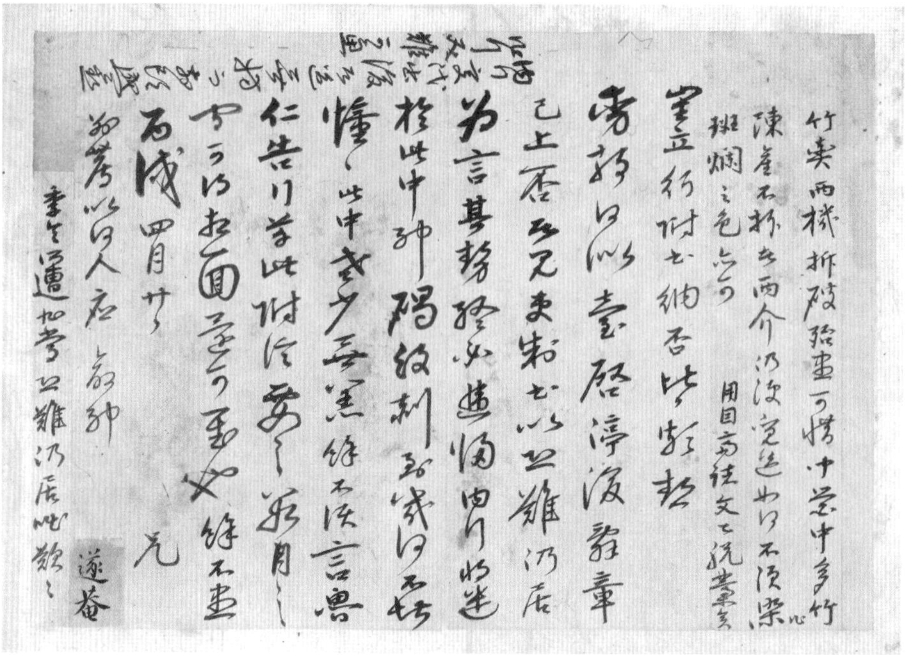

권상하의 간찰

비석 작업은 얼마나 진행되고 있는가?

걱정스럽기 그지없다네.

여기는 나이 든 사람이나 어린 사람이나 모두 건강하니 또 무슨 말이 필요하겠는가.

노인[47]이 간다 하니 급히 몇 자 적어 보내네.

요컨대 몇 달 안에 서로 만나게 되면 오히려 위로가 될 것이네.

다 쓰지 못하네.

— 1706년 4월 20일 형

별천[48]으로는 누구를 올려 명을 받들었는가?

아우가 범상치 않은 일을 만나 그 자리에 눌러 있기 힘들 것 같아 한탄스럽네.

내행은 교대로 나온 다음 곧바로 보내도 무방하나, 앞으로 무더위가 심할 듯해 걱정이네.

대나무 가마 두 개가 꺾이고 부러져 거의 못쓰게 되어 아쉽네.

영중에 대나무가 많다고 들었는데 묵은 것 중에서 꺾이지 않은 것으로 두 개를 편한 대로 찾아 보내주게. 별도로 칠할 필요 없고 얼룩덜룩해도 괜찮다네.

인재[49] 제문은 탈고가 끝났네.

권상유(權尙游, 1656~1724)

권상유의 자는 계문(季文)과 유도(有道)이고, 호는 구계(癯溪)다. 만형 권상하에게서 글을 배우다가 뒤에 우암 송시열 문하에서 수학했다. 1694년 알성문과에 병과로 급제해 이후 삼사(三司)의 벼슬을 두루 역임했다.

윤휴가 주자학을 호만(浩漫)하다고 비판하고, 박세당이 『사변록(思辨錄)』을 지어 주자학을 또 비판해 왕명으로 책을 불태울 때 변설문(辨說文)을 작성한 후 높은 학식이 알려지게 되었다.

수원부사, 전라도, 평안도관찰사를 거쳐 호조·형조·예조의 판서, 한성부판윤, 우참찬 등을 지냈다. 이조판서로 재임할 때 숨은 인재를 많이 등용했으나 1721년 신임사화 때 탄핵을 받아 삭직되어 문외출송(門外黜送)을 당했으며, 이듬해 풀려났다.

성리설(性理說)에 밝았으며 『논어』와 『주역』에 정통했다.

洪 監司 行軒 入納 __

卽 伏惟體履萬勝 此間新郎已到 而只一家 旣無來見之人

台監 亦不賁臨 何等悵然

明日 則江北路相稍停 或有惠然之勢耶

家間殘奴 無往取江鮮者 未可更煩持送耶

猥甚悚仄

中宮患候 明有更膿之勢 不勝伏慮

권상유의 간찰

餘不備 伏惟下察

— 庚 五 廿八 權尙游 頓首

홍 감사 행차에 보냄 —

지금도 잘 계시겠지요.

여기는 신랑이 이미 도착했으나 일가들만 모였을 뿐 찾아오는 사람도 없습니다.

대감께서도 왕림하시지 않으시니 무척 서운합니다.

내일은 강북쪽 길에서 함께 잠시 멈추어 시간을 내주실 형편이 되실는지요?

제 집의 몇 안 되는 가노로는 생선을 가져올 수 없으니 번거로우시더라도 갖다주실 수 있으신가요. 외람되고 송구스럽습니다.

중전의 환후가 다시 깊어가는 것 같아 걱정스럽습니다.

이만 줄입니다. 살펴주십시오.

— 경년[50] 5월 28일 권상유 올림

문화 류씨 文化 柳氏

류상운(柳尙運, 1636~1707)

문화 류씨 명문가의 자손으로 자는 유구(悠久), 호는 약재(約齋) 또는 누실(陋室)이다. 아버지는 좌랑 성오(誠吾)이고 어머니는 판서 박동량(朴東亮)의 딸이다. 류성룡의 6대 후손이다.

1666년 별시문과에 병과로 급제해 지평, 홍문관교리를 역임했다. 1680년 대사간으로 특진되어 같은 해 경신대출척 때 허견(許堅)의 추대로 역모에 가담한 복성군(福城君)을 탄핵해 당쟁을 노론 측에 유리하도록 이끌었다.

평안도관찰사, 대사간 등 관직을 지내면서 서인이 노론과 소론으로 나뉠 때 소론인 윤증, 박세채(朴世采), 최석정 등과 합세했다. 이후 호조판서, 이조판서 등을 지내고 형조판서가 되었다.

1694년 희빈 장 씨의 오빠 장희재(張希載)를 처형하자는 노론의 주장에 대해 장희재를 처형하면 그 혐의가 세자의 생모인 희빈에게까지 미쳐 앞으로 혼란을 예측할 수 없다는 점을 들어 반대하고, 남구만과 합세해 장희재를 제주도로 유배시키는 선에서 마무리 지었다.

이후 우참찬을 지내고 우의정, 좌의정을 거쳐 1696년 영의정에 올랐으며, 희빈 장 씨에게 사약을 내리는 일을 끝까지 반대해 노론의 탄핵을 받음으로써 남구만과 함께 파직되었다가 1704년 판중추부사에 복귀했다. 문장에 능했고 글씨도 잘 써 전국 여러 곳에 금석문자가 남아 있다.

三夏阻信 頃才憑審 氣體萬安 仰喜亡已

信后已累月矣 卽辰初寒 起居暨眼患 加減何如 遡慕徒勤

姪 長夏患痁 無異前年 入秋以後 少似向穌 而眞元已鑠 嗣歲可畏

意外逢着敬差 以十餘卜 執頉以去

行將啓黜 家眷及尙連 將以今十六先送

姪 則只待新倅之來 生還有期 私幸何喩

適憑會津便 姑此不宣

伏惟下鑒 上書

_ 丁巳 十月 初三日 姪 尙運 上書

黃筆 三柄

한여름 내내 소식이 없다가 이제야 편지를 받아 몸과 마음이 평안하심을 알게 되어 무척 기쁩니다.

문안 여쭌 지 이미 여러 달이 지나 지금은 어느덧 첫 추위가 느껴지는 계절입니다.

잘 계신지, 눈병은 어떠신지, 그저 궁금하기만 합니다.

저는 긴 여름 내내 학질에 걸려 작년과 다를 바 없었으나 가을에 접어들면서 약간 나아갑니다만 기력이 쇠잔해 내년이 걱정입니다.

뜻밖에 경차[51]를 만났는데 짐 꾸러미 10여 개를 트집 잡고 갔습니다.

곧 자리에서 물러나게 되니 집안 식구들과 상연이를 이번 16일 먼저 보내고 저는 새 수령이 부임할 때까지 기다릴 예정입니다.

살아서 돌아갈 수 있으니 얼마나 다행스러운 일입니까.

마침 회진[52]으로 가는 인편을 만나 우선 이렇게 글을 써서 보냅니다.

류상운의 간찰

살펴주시기 바랍니다.

— 1677년 10월 3일 조카 상운 올림

황모 붓 3자루 올립니다.

류봉휘(柳鳳輝, 1659~1727)

류봉휘의 자는 계창(季昌), 호는 만암(晩菴)으로 영의정 류상운의 아들이다. 1699년 문과에 급제해 홍문관수찬, 부제학 등을 역임했으며, 1721년 노론에서 연잉군(延礽君, 영조)의 세제 책봉을 주장하자 이를 강력히 반대했다.

이후 왕세제 연잉군의 대리청정 문제로 노론과 대립하면서, 경종이 병을 앓지 않는데도 대리청정하게 함은 부당하다고 소론의 영수로서 극간해 이를 철회하게 만들었다. 이 사건으로 노론 세력은 실각하게 되었다.

1725년 영조 즉위 이후 탕평책으로 노론·소론 연립정권이 수립될 때 우의정이 되었고, 이어 소론 4대신의 한 사람으로 좌의정까지 올랐으나 신임사화의 주동자라는 노론의 집요한 공격을 받고 이듬해 면직되었다. 노론 세력 민진원(閔鎭遠) 등의 계속된 논척으로 경흥에 안치되고 그곳에서 죽었다.

같은 소론인 이광좌(李光佐)와 달리 소론 과격파에 속해 노론 탄압에 적극적이었으므로 노론 집권 후에 신원되지 못했다.

류봉휘의 간찰

戀中承札 仍審炎令 令況安吉 披慰如對

眞梳之貺 尤以爲荷

生 舊病未蘇 憂擾滿室 焦惱遣日 奈何

餘撓不宣 遠惟照亮 謝狀上

— 丙午 五月 十四 左相

궁금하던 중에 편지를 받아 이 무더위에 편안히 복 누리고 계심을 알게 되니 마치 뵌 것처럼 위로가 되었습니다.

보내주신 참빗은 무척 고맙습니다.

저는 이전 병이 낫질 않아 온 집안이 근심과 혼란스러움에 쌓여 있습니다.

걱정과 번민으로 세월을 보내고 있으니 어찌하면 좋겠습니까.

어지러워 이만 줄입니다.

멀리서 살펴주시길 바라며 답장을 올립니다.

— 1725년 5월 14일 좌상[53]

의령 남씨 宜寧 南氏

남이성(南二星, 1625~1683)

남이성의 자는 중휘(仲輝), 호는 의졸(宜拙)이다. 남구만이 조카가 된다. 1657년 사마시에 합격하고 1662년 정시문과에 급제해 벼슬길에 올랐다. 일찍부터 재간과 명성이 있었다고 하며 조정에서 국사를 의논할 때에는 항상 관대하고 공평했으며, 시비와 사정(邪正)을 변론하는 데 의연한 태도를 취했다고 한다.

1674년 예조참의를 거쳐 대사간에 올랐으나, 1675년 자의대비의 복상 문제가 일어나 김수항(金壽恒)이 중도부처(中途付處)되자 남인 권대운(權大運)을 규탄하고, 김수항을 변호하는 상소문을 올렸다가 진도로 유배되었다.

1678년 유배에서 풀려나 좌부승지, 대사성을 역임했고 이때 대동법의 폐단을 지적한 시무소를 올렸다. 홍문관부제학을 거쳐 예조참판에 재직하고 동지 겸 사은부사로 청나라에 다녀와 예조판서를 지냈다. 문장에 능했으며, 1669년에 송준길과 함께 『어록해(語錄解)』를 증보, 간행했다.

以八年 相阻之思 得千里勤問之書 慰瀉從可知矣

第 審向來喪憂悲戚 有非人理所可堪 令人驚怛 無已

人之生也 與憂俱生 只是達者 寬抑自遣之爲宜也

僕 病與年深 長伏床褥 實無悰況 可以向人道者

書中辭意 極其鄭重 三種雅貺 出於料外 益復僕僕

赴燕時問札 僕 未及知

前秋之札 生還路拜承 而無便未克修敬 兼此申謝

餘望春暄 令履對時珍衛 謹謝上狀

__ 癸亥 仲春 初七日 二星 頓

8년 동안 서로 떨어져 애태우다가 천릿길 멀리서 온 편지를 받으니 위로가 넘칩니다.

그러나 지난번 상을 당해 슬픔을 겪었다는 것을 알게 되었으며, 이것이 사람의 정리로 감당할 수 있는 것이 아니므로 놀랍고 슬픈 마음은 끝이 없습니다.

사람의 삶이란 근심과 더불어 살아가는 것이니, 달자(達者)는 슬픔을 억누르고 스스로 견뎌내야만 하는 것입니다.

저는 나이가 들수록 병이 깊어져 사실 즐거운 일이 없다고 하겠습니다.

글에 쓰신 내용이 매우 정중하고, 보내주신 세 가지 아름다운 물품은 생각하지도 못한 것이라 고맙기 그지없습니다.

연경에 있을 때 보내신 편지는 제가 알지 못하지만, 지난가을에 보내신 것은 살아 돌아오는 길에 받았습니다. 그러나 인편이 없어 답을 할 수 없었으므로 겸해서 거듭 감사 인사를 드립니다.

따스한 봄기운을 받으시어 늘 평안하시길 빌며 삼가 답장을 올립니다.

__ 1683년 2월 7일 이성 올림

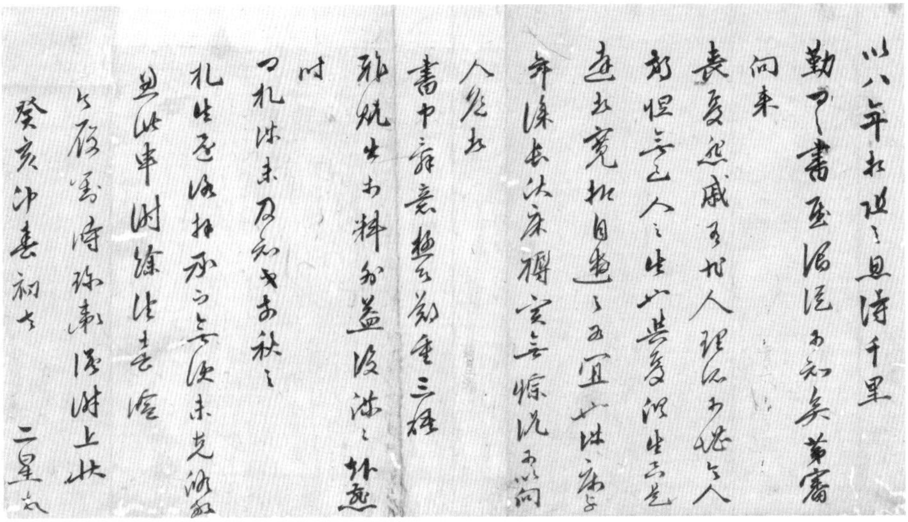

남이성의 간찰

남구만(南九萬, 1629~1711)

자는 운로(雲路), 호는 약천(藥泉)·미재(美齋)이며, 남일성(南一星)의 아들로 남이성의 조카이다. 송준길의 문하에서 수학했다.

동창이 밝았느냐 노고지리 우지진다
소 치는 아이는 여태 아니 일었느냐
재 너머 사래 긴 밭을 언제 갈려 하느니

고시조 가운데 교과서에 수록된 유명한 시를 남긴 문장가다. 1651년 사마시를 거쳐 1656년 별시문과에 을과로 급제해 이듬해 정언을 지냈으며 이후 이조정랑, 집의, 응교, 대사간, 승지를 거쳤다. 1674년 함경도관찰사가 되어서는 유학을 진흥시키고 변경 수비를 튼튼히 했다.

숙종 초에 대사성, 형조판서를 거쳐 1679년 한성부좌윤이 되었으며 이 해에 윤휴, 허견(許堅) 등을 탄핵했다가 남해로 유배되었다. 이듬해 경신대출척으로 복귀해 대제학을 두 차례 역임했고 우의정, 좌의정, 영의정에 차례로 올랐다. 1689년 기사환국 당시에는 소론의 영수로서 강릉에 유배되었다가 이듬해 풀려났으며, 1694년 갑술환국으로 다시 영의정에 기용되었다. 1701년 장희빈의 중형을 주장하는 김춘택 등 노론에 맞서 가벼운 형벌을 주장했으나 장희빈의 사사가 결정되자 사직하고 낙향했다. 당대 정치의 구심점 역할을 했으며, 문장과 서화에도 뛰어났다. 문집으로 『약천집(藥泉集)』이 전한다.

徐 判府事 下執事 _

蒸雨中 伏承下札 仰審匀體神相 感慰何極

小生 進退路窮 方此惶悶 不知所出 奈何

只竢早晩藥房輪直 爲更尋前路計耳

下教事 李碩良 方以外家誌石之役 出往燔所

故 作牌字以送

伏望命下人 傳給於渠處 以爲使役之地 如何如何

多少伏枕 胡草不宣 悚仄悚仄

伏惟下鑒 謹再拜謝狀上

_ 辛巳 五月 卄八日 南九萬 頓

서 판부사 하집사[54]께 _

찌는 듯한 무더위와 빗속에서 편지를 받아, 몸과 정신이 모두 강건한 가운데 잘 계심을 알게 되니 감사와 위로가 넘칩니다.

저는 들고 나는 길이 모두 막혀 두렵고 걱정스러운데 어떻게 해야 할지 모르겠습니다.

단지 조만간 약방 윤직[55]을 기다렸다가 다시 앞날을 모색할 계획입니다.

말씀하신 이석량은 지금 외가의 도자 지석[56]을 만드는 일로 가마터에 나가니 패자[57]를 만들어 보냅니다.

하인에게 명해 그가 있는 곳으로 보내주셔서 이 일을 할 수 있도록

남구만의 간찰, 서귀포 소암기념관 소장

해주십시오.

약간 병 기운이 있어서 대충 쓰게 되어 송구스러울 뿐입니다.

살펴주시기 바라며 삼가 두 번 절하고 답글을 올립니다.

— 1701년 5월 28일 남구만 올림

전주 최씨 全州 崔氏

최석정(崔錫鼎, 1646~1715)

자는 여시(汝時)·여화(汝和), 호는 존와(存窩)·명곡(明谷). 영의정 최명길(崔鳴吉)의 손자이며 한성판윤 후량(後亮)의 아들로 응교 후상(後尙)에게 입양되었다. 어릴 때부터 신동으로 알려져 9세에 『시경』, 『서경』을 암송했고, 12세에 『주역』을 도해할 수 있었다고 전한다. 17세에 초시에 장원, 20세에 진사시 장원과 생원시에도 합격하고, 1671년 정시문과에 급제하면서 벼슬길에 나갔다.

관직 생활 초기에 남인의 영수 허적을 비판한 오도일을 변호하다가 삭직되고, 1676년에는 윤휴를 비난하고 김수항을 옹호하다가 삭출되기도 했으며, 1685년에는 윤선거를 옹호하다가 노론의 지탄을 받았다. 1694년 갑술환국 이후 대사헌으로 있을 때는 희빈 장 씨의 오빠인 장희재의 사형을 주장했다. 이조판서를 역임하고 우의정, 좌의정을 거쳐 영의정으로 재임하던 1701년 '무고(巫蠱)의 변(變)'으로 장희빈이 사약을 받는 것을 극력 반대해 파직, 유배되었다가 다음 해 석방되고, 그 이듬해 다시 영의정이 되었다.

할아버지 최명길이 주화파였다는 사실 때문에 3대에 걸쳐 사대부들의 질시와 비난을 한 몸에 받았다. 그럼에도 1710년까지 10번 이상 영의정의 자리에 오르는 놀라운 기록을 남겼다. 이는 할아버지 최명길처럼 타협할 줄 알고 실용적이며 온건한 정치적 성향 때문이었다.

주자의 학설에 얽매이지 않고 열린 사고로 양명학 등 다양한 영역에 학문의 폭을 넓혔으며, 이 때문에 노론의 비판을 받기도 했다. 또 의리명분론에 집착하지 않고 백성의 어려움과 정치적 폐단을 변통하려고 한 행정가이며, 붕당정치의 폐해를 가능한 한 줄이려 한 정치가로 평가받는다. 또 당시 중인들이나 하던 수학을 열심히 공부해 『구수략(九數略)』이라는 책에 3차부터 10차까지 마방진을 서술했다. 그가 고안한 9차 마방진은 직교 라틴 방진이라는, 세계에서도 놀랄 만한 것이었다. 이 마방진은 9행 9열 대각선의 합이 369로 같음은 물론, 이를 이루는 숫자 9개로 이루어진 작은 셀(cell) 9개가 다시 마방진을 이루는 특이한 구조다. 다른 저서로 『예기유편(禮記類編)』과 『명곡집(明谷集)』 36권이 전한다.

遠書 多慰

三種之貺領謝

生 廑支 而喪戚悲撓無可言

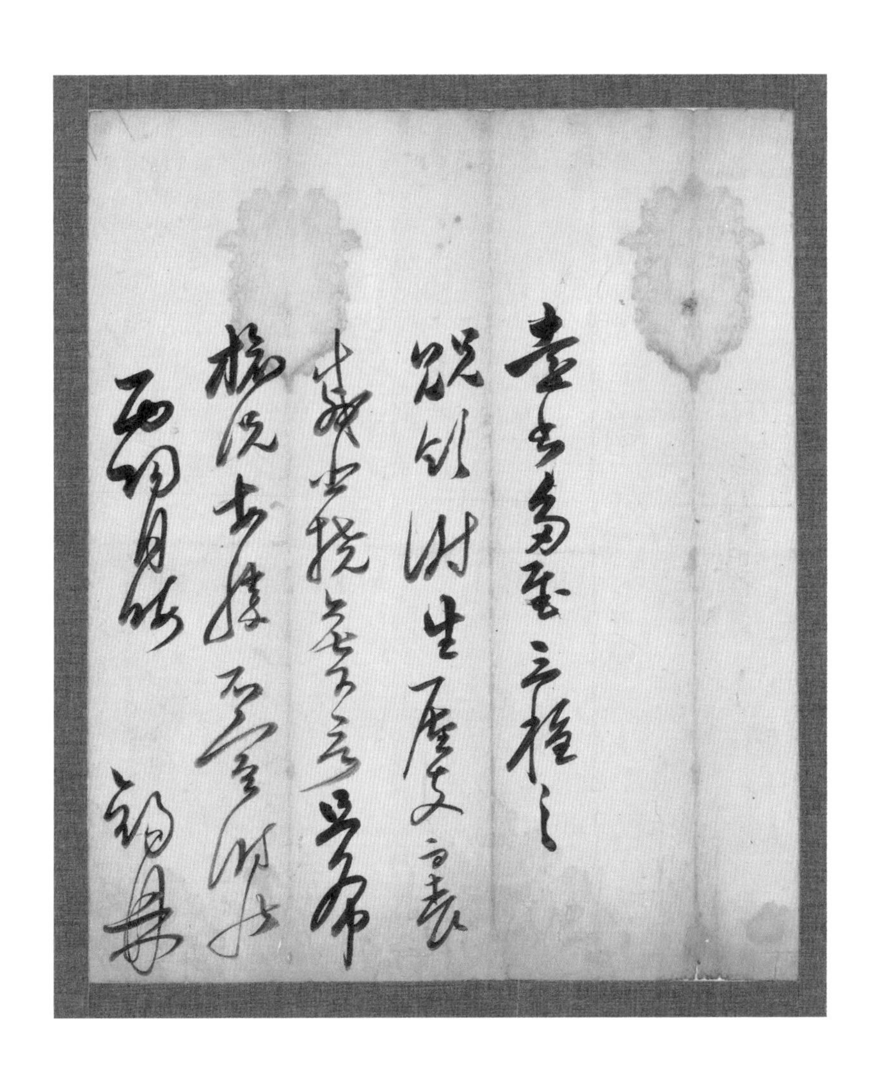

최석정의 간찰

只希旅況安勝

不宣謝狀

__ 丙 陽月 晦 錫鼎

멀리서 보내주신 편지를 받고 무척 위로가 되었습니다.

세 가지 물품도 고맙게 받았습니다.

저는 간신히 버티고 있는데, 상을 당해 슬픔과 혼란스러움을 이루 말로 다 표현할 수 없습니다.

오로지 객지 생활 중에 평안하시길 빌 뿐입니다.

이만 줄이며, 답장에 대합니다.

__ 병년 10월 그믐 석정

최창대(崔昌大, 1669~1715)

최창대의 자는 효백(孝伯), 호는 곤륜(昆侖)이다. 영의정 최석정의 아들로 최명길 이후 3대 문장가로 이름을 날렸다. 어머니는 경주 이씨로 이경억(李慶億)의 딸이다. 1687년 생원시에 합격해 진사가 되고, 1694년 별시문과에 병과로 급제했으며 1698년 암행어사가 되었다. 이어 이조정랑, 사간 등을 거쳐 1711년 대사성을 역임하고 이후 이조참의를 거쳐 부제학에 올랐다.

문장에 능하고 제자백가와 경서에 밝아 사림의 존경을 받았으며 글씨에도 뛰어났는데 정치적으로는 아버지 최석정의 뒤를 이어 소론의 입장을 견지했다. 저서로 『곤륜집(昆侖集)』 20권 10책이 전한다.

歲暮 瞻嚮一倍 此際 兄札遠墜 憑審臘寒 莊莅有相 慰釋何量

弟 慈患淹延累月 日事藥物 煎悶何狀

惟以親寓粗遣 爲幸耳

示事 與郎屬 詳閱狀志文記 考核訟理 其詐冒明甚

已於 本狀及官牒 具已題送 想視至而得其狀也

兩種海味 拜領多荷

曰爲改歲 只冀令履迓福

不備 伏惟令下照 拜謝狀上

_ 壬辰 元月 十二 弟 昌大 頓首

先謚大禮順成 仰賀無已 先集寫役事 謹聞敎矣

세모에 그리움만 더하는데 멀리서 형의 편지가 와 세밑 추위에 목민관[58]을 지내시며 평안하심을 알게 되니 위로가 끝이 없습니다.

저는 어머니의 병환이 여러 달 지속되면서 병수발로 하루하루 보내느라 마음이 타들어가는 것 같습니다.

다만 아버지께서 그런대로 잘 계시니 다행스러울 뿐입니다.

말씀하신 일은 낭속들과 함께 장지(狀志)와 문기(文記)를 자세히 들여다보고 송리(訟理)들을 살펴보니 사모[59]가 명백합니다.

최창대의 간찰

이미 본장(本狀)과 관첩(及官)을 모두 보내드렸으니 보시면 실상을 아시게 될 것입니다.

보내주신 두 가지 해산물은 감사히 잘 받았습니다.

해가 바뀌는[60] 이때 복을 듬뿍 받으시길 기원할 뿐입니다.

이만 줄입니다. 영감께서 살펴주시기 바라며 삼가 답장을 올립니다.

— 1712년 1월 12일 창대 올림

시호[61] 맞는 대례를 순조롭게 치르셨다니 크게 축하드립니다.

선조의 문집을 발간하는 일에 대해서 삼가 가르침을 받았습니다.

4

청음가의 형제들

청음 김상헌(淸陰 金尙憲, 1570~1652)은 병자호란 때 청나라에 항복한다는 문서를 찢어버리고 척화(斥和)를 주장한 강경파의 대표 인물이다. 인조가 항복한 후 청나라에 끌려가서도 지조와 절개를 지켜 굴복하지 않은 대쪽 같은 선비였다. 김상헌의 정신은 손자 김수증(金壽增), 수흥(壽興), 수항(壽恒) 형제를 비롯해 후손들에게 대대로 이어졌다.

皇覽揆余于初度兮 肇錫予以嘉名 名余曰正則兮 字余曰靈均

아버지는 나를 낳은 때를 헤아려 마침내 나에게 아름다운 이름을 지어주셨다. 이름은 정칙이라 하고, 자를 영균이라 하셨다.

전국시대 초(楚)나라의 위대한 시인 굴원(屈原, 기원전 343?~기원전

278?)의 대표적인 서사시 「이소(離騷)」의 앞머리는 그의 출생, 이름과 자의 의미로부터 시작된다.

사람은 태어나면서 이름을 부여받고, 나이가 들면서 자나 호를 받거나 지어 불리게 된다. 옛사람들이 이름을 함부로 짓지 않고 음양오행과 삼재수리(三才數理), 심지어 사주에 이르기까지 살필 수 있는 것은 모두 살펴가며 신중을 기한 것은 한두 글자 남짓한 이름 속에 소망하는 삶의 모습을 최대한 담기 위해서였다. 그래서 이름은 평생에 걸친 '기도'라 할 수 있다. 또 이름 외에 자나 호를 짓는 이유는 이름을 귀중하게 생각하고 가볍게 불리는 것을 피하기 위한 존명사상(尊名思想)에서 비롯된 것이며, 자는 보통 이름의 뜻에 근거해서 지어졌다.

김수증의 자는 '연지(延之)'이다. 증(增)이 늘어난다는 뜻이니 의미가 비슷한 연(延)을 썼다. 그는 1689년 기사환국으로 아우 수항이 사사되자 벼슬을 내려놓고 화악산(華嶽山) 골짜기에 은거해 학문을 닦으며 당시로서는 장수를 누리고 77세까지 살았다.

김수흥의 흥(興)은 일어난다는 뜻이므로, 그의 자는 일어날 기(起)를 써서 '기지(起之)'라 했다. 그는 파란만장한 벼슬살이에 유배와 복관(復官)을 반복하면서 몇 차례나 정승을 지냈다. 1680년 경신대출척으로 다시 영의정에 올랐다가 기사환국 때 유배지에서 죽었다.

김수항은 이름의 항(恒)에서 '오래간다'는 뜻의 구(久)를 취해 자를 '구지(久之)'라 했다. 그는 타협을 모르는 한결 같은 성품으로 정적의 미움을 사고, 기사환국으로 남인이 재집권할 때 영의정에서 물러나 진도에 유배된 후 사사되었다.

『중용(中庸)』에 '오래가면 징험이 나타나고, 징험이 나타나면 멀리 이어지고, 멀리 이어지면 넓고 두터워지며, 넓고 두터워지니 높고 밝다[久則徵 徵則悠遠 悠遠則博厚 博厚則高明]'고 했다.

'구지'란 의미대로 그의 사후에도 자손들은 오랫동안 번성을 이어갔다. 아들 김창집의 현손인 김조순(金祖淳, 1765~1832)이 순조의 장인으로 안동 김씨 세도정치의 기틀을 마련했고, 후손들은 조선 왕조가 무너질 때까지 막강한 권력을 누린다. 물론 우리 역사에 긍정적인 기여를 했다고 결론내리기는 어렵지만.

1689년 4월 7일, 죽음을 이틀 앞둔 김수항은 아들 창집(昌集), 창협(昌協), 창흡(昌翕), 창업(昌業), 창즙(昌緝) 형제와 손자들에게 주는 마지막 글에서 이렇게 썼다.

> 凡我子孫 宜以我爲戒 常存謙退之志 仕宦則避遠顯要 居家則力行恭儉
>
> 무릇 자손들은 마땅히 나의 일을 가르침으로 삼아, 항상 겸손히 사양하고 물러서는 마음을 지녀야 하며, 벼슬길에 나가서는 높은 요직을 멀리하고, 집안에서는 공손과 검소를 힘써 행하라.

그러나 후손들이 모두 그의 깊은 뜻을 제대로 이어받지는 않았다. 김수항의 첫째 아들 김창집은 아버지가 사사되자 아버지의 유훈대로 관직을 일체 사양하고 은둔했으나, 마침내 벼슬길에 나아가 호조, 이조, 형조의 판서와 한성부판윤, 우의정, 좌의정을 거쳐 1717년 영의정에 올랐고, 노론 4대신[62]으로 연잉군을 세제로 세우는 데 앞장섰다가 신임사화 때 사사되고 말았다.

이때 아들 김제겸(金濟謙, 1680~1722)도 함께 죽었고, 김제겸의 아들 김성행(金省行, 1696~1722)도 고문 끝에 26세 어린 나이로 옥사하는 등 3대가 함께 죽임을 당했다. 할아버지의 유훈을 따랐다면 이런 일은 벌어지지 않았을 것이다. 국구(國舅) 김조순은 바로 김제겸의 증손자다.

김창집과 18세에 세상을 떠난 막내 김창립(金昌立, 1666~1683)을 제외한 나머지 형제들은 아버지 김수항의 뜻을 따라 벼슬길에 나가지 않고 초야에 묻혀 학문을 닦으며 살았다. 다행한 일이었다. 김창협은 김수항이 사사된 후 형 창집과 함께 어머니 안정 나씨를 모시고 영평의 산중에 은거하며 학문에만 전념했다. 김창흡은 진사시에 합격한 후 더 이상 과거에 나가지 않고 일찌감치 산수를 즐기고 시를 지으면서 성리학에 몰두했으며, 김창업도 진사시에 합격하고 은거하면서 평생 벼슬을 멀리한 채 거문고, 시와 그림을 즐기면서 살았다. 김창즙은 아버지가 사사되자 벼슬을 그만두고 학업에 전념했으며 1700년 아버지의 유문(遺文)인 『문곡집(文谷集)』을 간행했다.

맹자는 『진심장(盡心章)』에서 '질곡에 매여 죽는 것은 올바른 천명이 아니다[桎梏死者非正命也]'라고 했다. 중국 후한 말의 정치가 중장통(仲長統, 179~220)은 '당세의 직책을 맡지 않고 타고난 명을 보전하는 것[不受當時之責 永保性命之期]'만이 뜻을 즐기며 사는 일이라고 역설했다. 죽음을 앞둔 김수항이 마지막으로 사랑하는 아들과 손자들에게 전하고 싶었던 이야기는 이런 것이 아니었을까.

광산 김씨 光山 金氏

김장생(金長生, 1548~1631)

조선 예학의 대가 김장생의 자는 희원(希元), 호는 사계(沙溪)이다. 송익필과 이이의 문인으로 학행(學行)으로 천거되어 벼슬길에 올랐는데 몇 차례 벼슬에 올랐어도 부귀영화를 탐하지 않았다. 1592년 임진왜란 때 호조정랑으로 공을 세웠으며 안성군수, 익산군수, 회양·철원부사를 지낸 후 관직을 버리고 학문에만 전념했다.

인조반정 이후 고령에 다시 벼슬에 올랐으나 곧 사직하고 줄곧 향리에 머물면서 학문과 교육에 전념했는데, 서인의 영수이자 정신적 기둥으로 정계와 사대부가에 큰 영향력을 미쳤다.

문하에 쟁쟁한 문인이 많았다. 송시열, 송준길, 이유태, 강석기(姜碩期), 장유(張維), 정홍명(鄭弘溟), 이후원(李厚源), 조익, 윤순거, 윤원거, 최명길, 이덕수(李德洙), 이경직(李景稷) 등 당대 명사들이 그의 문하에서 배출되었다.

저서로는 『상례비요(喪禮備要)』 4권을 비롯해, 『가례집람(家禮輯覽)』,

『전례문답(典禮問答)』 등 예에 관한 저술과 『근사록석의(近思錄釋疑)』, 『경서변의(經書辨疑)』와 시문집을 모은 『사계선생전서(沙溪先生全書)』가 전한다. 말년에 기거한 사계고택은 충남 계룡시에 남아 조선 사대부가 고건축의 형태를 전해주고 있다.

拜謝狀

林川 衙史 _

卽承專人來書 深慰深慰

所送生魚 二尾 受之

伏惟下照 謹拜狀

_ 二十日 長生

今去 閔監司了簡 命傳于其家 使下來見

답장

임천 아사 _

지금 심부름꾼이 가져온 편지를 받고 무척 위안이 되었습니다.

보내주신 생선 두 마리는 잘 받았습니다.

살펴주시기 바라며 삼가 글을 보냅니다.

_ 20일 장생

지금 보내는 민 감사의 편지는 그 집안에 전해, 내려와서 보게 해주십시오.

김장생의 간찰, 개인 소장

김집(金集, 1574~1656)

자는 사강(士剛), 호는 신독재(愼獨齋)이다. 아버지는 김장생이고, 어머니는 창녕 조씨(昌寧 曺氏)로 첨지중추부사(僉知中樞府事) 대건(大乾)의 딸이니 명문가의 후손이다. 아버지 김장생과 함께 예학의 기본적 체계를 완비했다는 평가를 받으며, 송시열에게 학문을 전해 기호학파 형성에 중요한 역할을 한 인물이다. 8세에 송상현(宋象賢)의 문하에서 글을 배웠으며 18세에 진사시에 2등으로 합격했으나 문장학을 좋아하지 않고 성현의 학문에 전심했다.

인조반정 후 부여현감 등을 거쳐 예조참판, 대사헌 등을 역임했으며, 76세에 김상헌의 청으로 이조판서에 나아가 효종과 함께 북벌을 계획하기도 했다. 그러나 임금이 각별히 배려했음에도 초야에 묻혀 도(道)를 즐기고 학문에 힘썼다.

이이의 학문을 받아 예학을 일으킨 아버지 김장생의 뒤를 이어 송시열에게 전해 기호학파를 형성하는 토대를 마련했고, 이황을 이어받은 영남학파와 더불어 조선 유학계의 쌍벽을 이루게 되었다. 저서로 『독재문집(獨齋文集)』, 『의례문해속(疑禮問解續)』 등이 있다.

曩因司成姪 得奉令惠書 開緘宛然蘇慰十分

繼而憑人 獲見朝報 始審令體愆和 久未復常 驚慮不已

未知卽者 已得差歇耶

路遠便阻 尙未一候

凡在知舊 不堪鬱慮 況在於弟 寧不懸懸

恨不得致身左右 以問調攝之候也

弟 前月初 遭庶弟喪 暮境疚懷 生意索然 無足言者

餘冀十分愼攝以副遠誠

伏惟令察 謹拜謝狀上

手戰草上 悚仄 悚仄

_ 乙酉 正月 十四日 金集 狀上

兩件新曆 深謝不已

접때 사성[63] 조카 편으로 보내신 편지를 받았습니다.

편지를 보면서 마치 마음이 깨어나는 듯한 기쁨을 느꼈습니다.

이어 인편으로 받은 조보를 보고서야 비로소 그대의 병환이 오랫동안 회복되지 않음을 알게 되어 놀랍고 염려스럽습니다.

지금은 차도가 있으신지요.

길은 멀고 인편은 뜸해 여태 안부를 여쭙지 못하니

무릇 친구만 되어도 서글픔과 걱정스러움을 감당할 수 없는데

하물며 제가 어떻게 연연하지 않을 수 있겠습니까.

그대에게 병문안 가지 못하는 것이 한스러울 뿐입니다.

저는 지난달 초에 서자(庶子) 아우의 상을 당했습니다.

늘그막에 겪는 아픔에 살고 싶은 마음조차 없어지니 무슨 말을 더 하겠습니까.

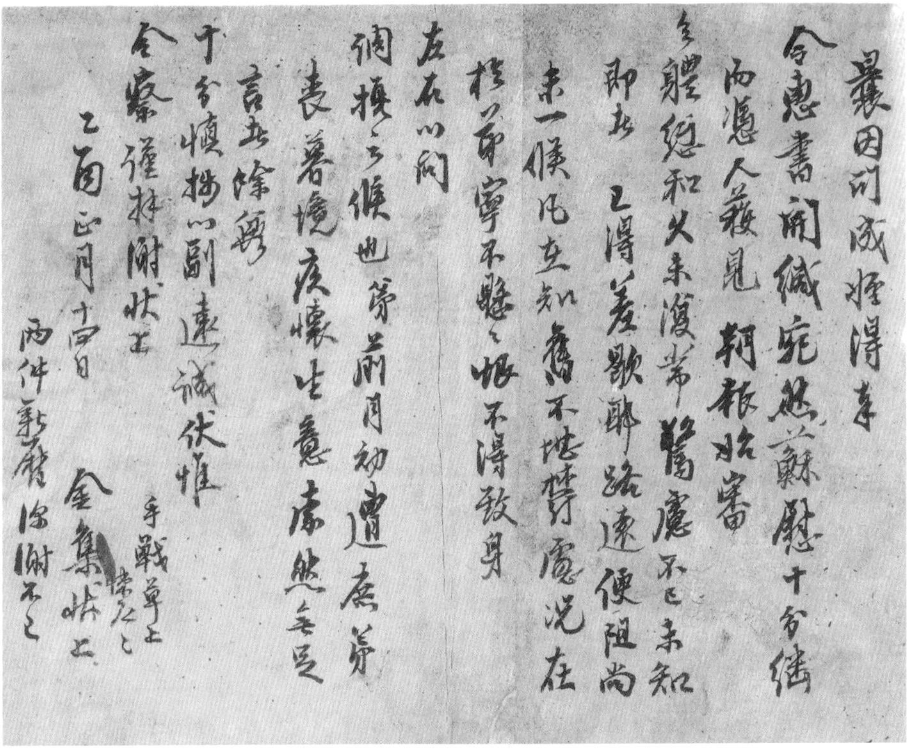

김집의 감찰

더 바라는 것이 있다면 그대께서 더욱 몸조심하시어 먼 곳에서 걱정하는 제 정성에 부응해주시는 것뿐입니다.

살펴주시기 바라며 삼가 답장을 올립니다.

떨리는 손으로 쓰느라 글씨가 엉망이어서 송구하기 그지없습니다.

— 1645년 정월 14일 김집 올림

달력 2부는 정말 고맙게 받았습니다.

안동 김씨安東 金氏

김수증(金壽增, 1624~1701)

김수증의 자는 연지, 호는 곡운(谷雲). 척화의 주자 김상헌의 손자다. 아버지는 동지중추부사 김광찬(金光燦)이고 어머니 연안 김씨(延安 金氏)는 청주목사(淸州牧使) 김내(金琜)의 딸이니 이 가문 역시 선대부터 명문가였다.

어려서부터 침착하고 조용해 남과 다투지 않았으며, 할아버지 곁에 있을 때에는 진퇴를 삼가고 무릇 한마디 짧은 말도 모두 곧 알아듣고 널리 기억해 이를 종신토록 마음에 간직하고 자손에게 가르쳤다. 글 읽기를 좋아하고 전서(篆書), 예서(隷書)에 능했으며 문사(文詞)가 분방해 격식에 얽매이지 않았으므로 문정공 김상헌이 그 수수하고 바른 것을 칭찬했다.

1650년에 생원시에 합격하고 1652년에는 익위사세마(翊衛司洗馬)가 되었다. 그 뒤 형조, 공조의 정랑을 거쳐 각사(各司)의 정(正)을 두루 역임했다.

젊어서부터 산수를 좋아해 금강산 등 여러 곳을 유람한 뒤 기행문을 남기기도 했으며, 1670년에는 강원도 화천에 농수정사(籠水精舍)를 지었다. 1675년 성천부사로 있던 중 동생 수항이 송시열과 함께 유배되자 벼슬을 그만두고 농수정사로 돌아갔다. 그때 주자의 행적을 모방해 그곳을 곡운(谷雲)이라 하고 화가 조세걸(曺世傑)에게 〈곡운구곡도(谷雲九曲圖)〉를 그리게 했다.

1689년 기사환국으로 수항이 사사되자 벼슬을 내려놓고 화음동(華蔭洞)에 들어가 정사를 지었으며, 1694년 갑술옥사 뒤에는 공조참판 등의 관직에 제수되었으나 모두 사퇴한 뒤 세상을 피해 화악산 골짜기로 들어가 운둔하면서 성리학에 전념했다. 저서로는 『곡운집(谷雲集)』이 있다.

消息杳然 而今年亦將垂盡矣 未知比來僉況如何 尋常馳念

生 衰病日劇 棲遑山野 實無可言

彼中農事復何似

似聞七金逃去 凡事無人主管 虛疎可想之

未能遙度指揮 幸望觀其形勢 奴輩中一人 定爲守庄

凡係事勢 俾無疎脫如何

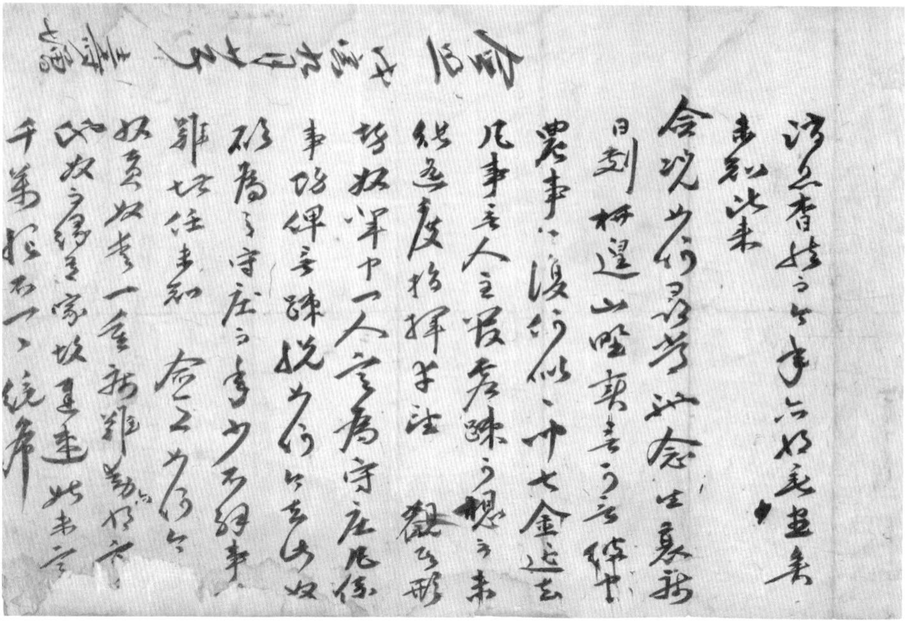

김수증의 간찰

今去此奴 願爲之守庄 而年少不解事(者) 雖堪任 未知僉意如何

今 收貢奴愛一 重病難動 亦將○○他奴 而緣有家故 遲速故未定

千萬忙不一一 統希僉照

__ 戊寅 九月 卄五日 壽增

소식이 아득하기만 한데 금년 한 해도 이렇게 저물어갑니다.

여러분께서는 어떻게 지내십니까? 늘 그리워합니다.

저는 쇠약하고 병이 심해 산과 들을 헤매고 다니는 것 외에는 달리 드릴 말씀은 없습니다.

그곳 농사일은 또 어떻게 되어가는지요?

듣자니 칠쇠가 도망갔다는 것 같은데, 모든 일에는 주관하는 사람이 없으면 허술해지기가 쉬울 것 같습니다.

멀리서 헤아려 지휘할 수 없으니 형편을 봐 종 중에서 하나를 수장[64]으로 정해주십시오. 무릇 일에 소홀함이 있어서는 안 될 것입니다.

지금 가는 이 종이 수장이 되고 싶어 하는데 나이가 어려서 일을 잘 해낼 수도 없으며, 설사 잘 맡아 한다고 해도 여러분들의 생각이 어떨는지 모르겠습니다.

지금 수공노[65] 애일이 중병으로 거동이 불편해 다른 종을 구해보려 하지만, 집안일 때문에 빠르고 더딤을 정할 수 없습니다.

할 말은 많으나 바빠서 이만 줄입니다. 살펴주시기 바랍니다.

__ 1698년 9월 25일 수증

김수흥(金壽興, 1626~1690)

김수흥의 자는 기지, 호는 퇴우당(退優堂), 동곽산인(東郭散人)이다. 어머니 연안 김씨는 일찍 세상을 떠나 할아버지 김상헌이 돌보았다. 문정공 김상헌을 잘 따르고 웃어른을 잘 섬겨 사랑을 받았다.

1648년 사마시를 거쳐 1655년 춘당대문과(春塘臺文科)에 병과로 급제하고, 이듬해 아우 수항과 함께 문과중시에 병과로 급제한 뒤 부교리, 대사간, 도승지 등을 역임했다.

1666년 호조판서, 1673년 판의금부사가 되었으며, 영릉(寧陵, 효종 능)의 석재가 갈라진 사건으로 수항이 인책되어 우의정에서 물러나자 후임으로 임명되었다.

1674년 영의정으로 재임 시 자의대비의 복제 문제로 남인에게 몰리게 되었고, 그해 8월 현종이 죽자 양사(兩司)의 탄핵으로 춘천에 유배되었다가 이듬해 풀려났으며, 1680년 경신대출척으로 서인이 집권하자 다시 영의정에 올랐다. 1689년 기사환국으로 남인이 다시 집권하자 장기(長鬐)에 유배되어 다음 해 배소(配所)에서 죽었다.

그는 송시열을 마음의 스승으로 존경해 『주자대전』, 『어류(語類)』 등을 탐독했으며, 저서로는 『퇴우당집(退憂堂集)』 5책이 전해진다.

謹承委問 仍審政履珍茂 慰荷慰荷

僕 私家不幸 纔遭舍妹之喪 悲苦何言

惠來各種 深感厚意

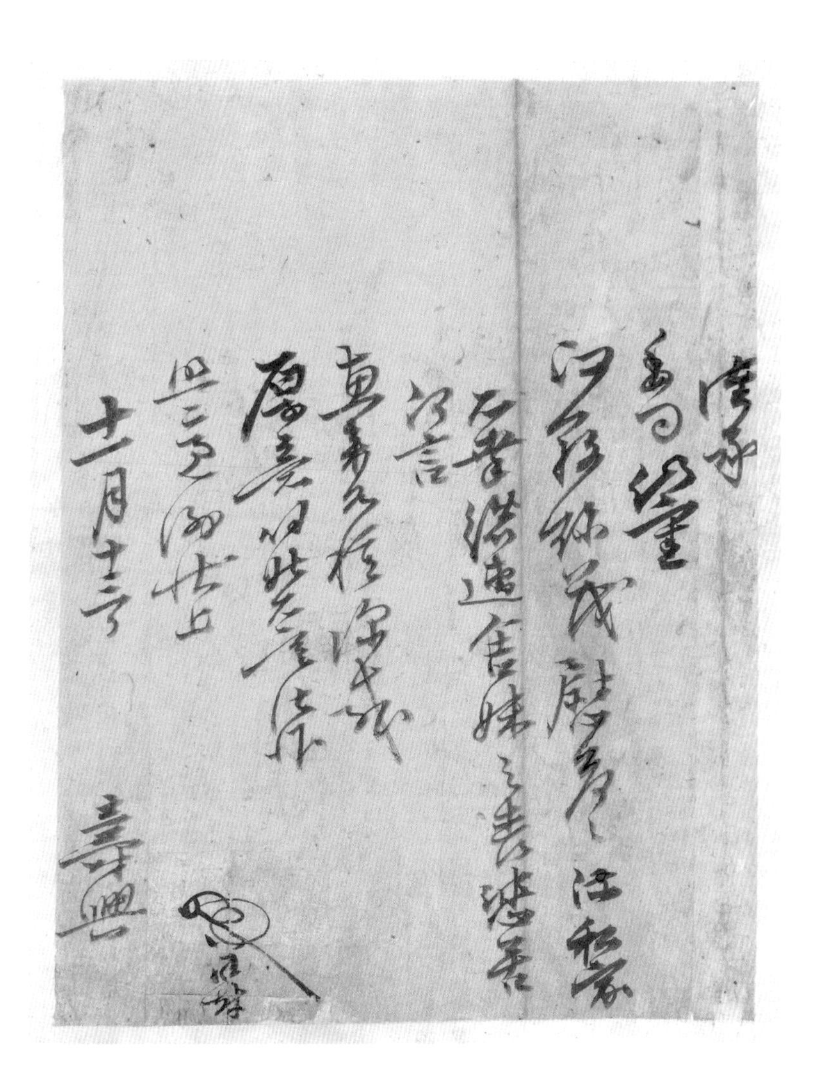

김수흥의 간찰

餘姑不宣 伏惟照亮 謝狀上

_ 十一月 十三日 壽興

삼가 편지를 받고 정무 중에 잘 계신 걸 알게 되니 위로와 감사가 넘칩니다.

저는 집안에 불행이 닥쳐 제 누이가 막 세상을 떠나서 슬픔과 아픔에 잠겨 있으니 무슨 말씀을 드리겠습니까.

보내주신 여러 가지 물품은 잘 받았으며, 도타운 마음에 감사드립니다.

이만 줄입니다. 살펴주시기 바라며 답장을 올립니다.

_ 11월 13일 수흥

김수항(金壽恒, 1629~1689)

자는 구지, 호는 문곡(文谷)이다. 1646년 진사시와 1651년 알성문과에 장원급제해 성균관 전적이 되었으며, 1656년 문과중시에도 급제해 정언(正言) 등을 거쳐 대사간에 오르고, 1662년에는 왕의 특명으로 예조판서에 발탁되었다.

육조의 판서를 두루 거친 후 44세의 나이로 우의정에 발탁되고 이어 좌의정으로 승진하면서 벼슬길이 순탄했으나, 1674년 2차 예송논쟁 때 남인의 기년설이 채택되자 벼슬에서 물러났다.

1675년 다시 좌의정으로 임명되었으나 윤휴, 허적, 허목 등의 공격으로 관직이 삭탈되고 원주, 영암 등으로 유배에 처해졌다. 1680년 경신대출척 후 영의정에 올랐다가 1689년 기사환국으로 남인이 재집권하자 진도에 유배된 후 사사되었다.

척화와 주전파로 이름 높던 김상헌의 손자로 가학(家學)을 계승한데다 김장생의 문인인 송시열, 송준길과 교류하며 한때 사림의 종주로 추대되었고, 시문과 글씨에도 뛰어났다. 특히 글씨에 있어서는 가풍을 이은 필법이 단아해 전서, 해서, 초서에 모두 능한 명필이었다. 저서로『문곡집』28권이 전하고 있다.

白雲處士 靜榥下 __

瞻往之深 忽辱耑札 承審春寒 雅履淸福 欣寫不可量也

服人 粗保病蟄 而遠聞亡娣窀穸已完

千里之外 不得伸一哀 此間情事之摧裂 尙忍言哉

情貺三種 每軫及此 感佩倍常 且媿口腹之累知舊也

千萬不盡 伏惟雅亮 謹謝狀上

__ 戊午 二月 卄二日 服纍 壽恒 頓

백운처사께 __

무척 궁금하던 차에 인편으로 보낸 편지를 보고 봄추위에 평안하시며 맑은 복 누리심을 아니 기쁘기 한량없습니다.

김수항의 간찰

저는 그럭저럭 병으로 칩거하는 중에 누이가 죽어 이미 장례까지 마쳤다는 소식을 멀리서 접하게 되었습니다.
천 리 밖에서 한번 슬퍼할 겨를도 없었으니 찢어질 듯 아픈 마음을 어찌 말로 다 하겠습니까.
정으로 보내주신 세 가지 물품을 받고 늘 넉넉히 베풀어주시는 은혜에 깊이 감사드리면서도 먹고사는 것까지 친구에게 매달려 사는 신세가 부끄럽기도 합니다.
드릴 말씀은 많으나 이만 줄입니다. 헤아려주시기[66] 바라며 삼가 답장을 씁니다.

— 1678년 2월 22일 유배 중에 상을 당한 수항[67] 올림

김창집(金昌集, 1648~1722)

김창집의 자는 여성(汝成), 호는 몽와(夢窩)로 김수항의 장남이다. 어머니는 호조좌랑 나성두(羅星斗)의 딸이다. 창협, 창흡의 형이니 이 또한 명문가 중의 명문가 출신이다.

1672년 진사시에 합격하고, 1684년 공조좌랑으로서 정시문과에 을과로 급제해 정언, 병조, 참의 등을 역임했다. 1689년 기사환국 때 아버지 수항이 진도의 유배지에서 사사되자 영평(永平)의 산중에 은거했다.

1694년 갑술환국으로 정국이 바뀌어 복관되지만 벼슬을 거듭 사

양하다가 철원부사를 시작으로 강화유수, 예조참판 등 관직을 역임한 뒤 호조, 이조, 형조의 판서를 두루 거쳐 우의정, 좌의정까지 이르렀다.

숙종 사후에는 영의정으로 정사를 주관하면서 이이명(李頤命), 조태채(趙泰采), 이건명(李健命) 등과 더불어 소위 노론 4대신으로 연잉군을 세제로 세우는 데 앞장섰다가 목호룡(睦虎龍)의 고변으로 야기된 신임사화로 거제도에 위리 안치되었고, 이듬해 성주에서 사사되었다. 저서에 『국조자경편(國朝自警編)』, 『몽와집(夢窩集)』 등이 있다.

謝狀上

李 生員 侍史 省式 謹封 _

近久阻闊 懸嫪方深 頃於褫中 得承兩度手札

如得世外消息 披荷倍至

第審草土之餘 荐遭喪慘 不勝驚愕

而千里之外 聞知不早 竟失馳慰 媿歎何已

服家禍愈酷 五月哭次子 情理慘毒 有不忍言

而親癠室病 俱在非細中 憂悶不可爲狀

候章蒙此 留念刻畫 深荷至意 況其所刻 不減昔年乎

曾可見精力之衰 尤又珍幸

千萬非遠書可旣 只冀益加珍嗇

適因海南僧 爲此不宣 統惟照亮 謹謝狀上

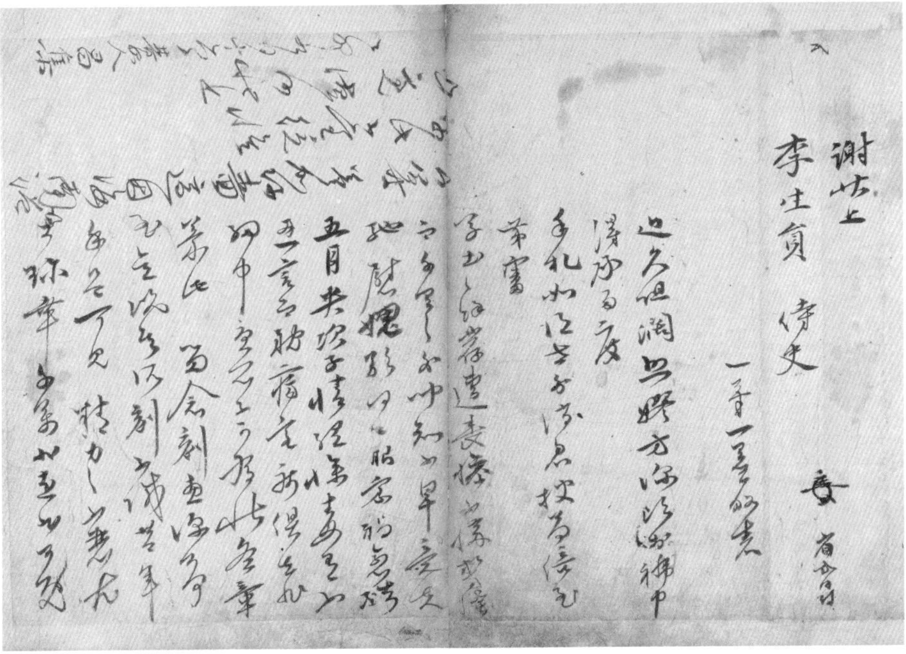

김창집의 간찰

_ 己卯 九月 十六日 朞服人 昌集

一筆一墨略表

답장으로 올리는 글

이 생원 시사 생식[68] 근봉 _

근래 오랫동안 소식이 없어 그리움에 사무쳤는데 지난번 파발 편으로 두 차례 편지를 받으니 마치 세상 바깥의 소식을 접하는 듯 고마움이 더합니다.

단지 상중에 거듭 초상을 당하셨다 하니 경악을 금할 수 없습니다.

천 리 먼 곳에서 소식을 늦게 접해 때맞춰 달려가 위로하지 못한 것이 부끄럽고 한탄스러울 뿐입니다.

상중인 저희 집안도 재앙이 혹심해 5월에 둘째 아들이 세상을 떠나 마음이 참담해 할 말을 잊었는데, 또 부모님과 처의 병도 모두 가볍지 않으니 걱정과 번민을 어떻게 말로 다 표현하겠습니까.

안부를 묻는 편지를 이렇게 받게 되어 기억하시고 써 보내주신 지극한 뜻에 깊이 감사드립니다. 게다가 그 지극하신[69] 마음은 예전에 비해 조금도 식지 않으셨습니다.

이전에 기력이 많이 쇠잔하신 모습을 보았는데, 항상 건강하시면 좋겠습니다.

멀리서 보내는 편지로는 이 마음을 다 쓰지 못합니다. 다만 오로지 몸조심하시기만 빕니다.

마침 해남 승려 편이 있어 몇 자 올립니다. 살펴주시기 바라며 삼가 답장에 대합니다.

— 1699년 9월 16일 상중에 창집

붓 한 자루, 먹 한 개, 약소하지만 마음으로 올립니다.

김창협(金昌協, 1651~1708)

김창협의 자는 중화(仲和), 호는 농암(農巖)·삼주(三洲)이며 김수항의 둘째 아들이니 창집의 동생이다.

1669년 19세 나이로 진사가 되고 1682년 증광문과에 장원으로 급제해 대사간, 동부승지, 대사성 등을 역임했으나 1689년 청풍부사로 재임 중에 기사환국으로 아버지 수항이 진도에 유배되어 사사되자 형 창집과 함께 영평의 산중에 은거했다. 1694년 갑술환국으로 복관되지만 대제학, 예조판서 등 모든 관직을 사양하고 학문에 전념했다.

문학과 유학의 대가로 이름이 높았고, 당대의 문장가이며 서예에도 뛰어났다. 그의 학설은 이기설(理氣說)에 있어 이이보다는 이황에 가까웠으며 훗날 '호락논쟁(湖洛論爭)'에서 호론(湖論)을 지지했다. 저서로 『농암집(聾巖集)』, 『주자대전차의문목(朱子大全箚疑問目)』, 『논어상설(論語詳說)』, 『오자수언(五子粹言)』, 『이가시선(二家詩選)』 등 여러 편을 남겼다.

[illegible]去矣吾情之難[illegible]文[illegible]先生
所依[illegible]直來不[illegible]苟[illegible]
[illegible]不[illegible]加[illegible]
甲申十二月十八
[illegible]人昌協
吾姪[illegible]此[illegible]

省式[illegible]中得[illegible]
手字[illegible]
侍學[illegible]此亦[illegible]
寓書[illegible]大入
[illegible]歲[illegible]
難[illegible]
[illegible]
[illegible]
[illegible]大書[illegible]大難[illegible]
[illegible]則[illegible]先[illegible]易[illegible]切宜[illegible]
[illegible]年歲[illegible]久[illegible]
[illegible]亦[illegible]書[illegible]科事[illegible]
下[illegible]未[illegible]亦[illegible]

[illegible]

김창협의 간찰

省式

瞻想中 得領手字 就審臘寒侍學佳勝 慰浣何已

此亦頃因家奴行寓書奉候 計非久入覽也

協 苟活不死 迫此世窮 痛毒益難爲狀 恒懊之餘 寒氣乍嚴 不免感傷

數日臥痛 今雖向愈 而氣力尙覺凘憊 可悶

承方看大全書 此工夫殊浩大難了 若欲速了 則意思先自忽忽 易於涉獵

切宜以此爲戒 且期以年歲之久 如何

伯從 近亦看此書 而渠於科事 頻放得下

雖未便斷置 亦欲專意實學 而餘力應試 甚不易也

餘人元無有志於此事者 豈有進益之可言

兪纘基者 頃者來受 啓蒙略解大義而去矣

吳壻遭艱 且得支保 而孫兒失所依賴 尤可憐也

惠來石芝竹筍 珍荷珍荷

餘不宣 所冀殘臘加護

_ 甲申 十二月 十八日 罪人 昌協

吳壻慰狀 當致之

생식

그리워하던 중에 편지를 받아 세밑 추위에 부모님 모시고 학문을 닦으며 잘 지내심을 알게 되어 위로가 끝이 없습니다.

저도 지난번 가노 편으로 문안편지를 보냈으니 그리 오래지 않아 보실 것입니다.

저는 구차한 목숨 죽지 않고 살아남아 세모를 맞으니 가슴이 쓰리고 아플 뿐입니다. 슬픔에 잠겨 지내던 중, 갑자기 닥친 모진 추위에 감기도 걸렸습니다.

며칠 동안 누워 앓았으며, 지금은 조금 나아지기는 했지만 여전히 기력이 바닥이 나 걱정스럽습니다.

지금 『주자대전서』를 읽고 계시다는데 이 공부는 매우 광대하여 다 읽기 어렵습니다. 만약 빨리 끝마치려 하면 마음만 앞서 겉핥기에 머물기 쉽습니다. 반드시 제 조언을 받아들여 긴 세월을 기약함이 어떠신지요.

백종[70]도 근래 이 책을 읽다가 과거 때문에 자주 책을 덮었습니다. 비록 바로 놓아버리지 않고, 또 실제 공부에 전념한다고 하더라도 여력[71]으로 과거에 응시하는 일은 무척 어렵습니다. 다른 사람들은 본디 이런 생각이 있지도 않으니 어찌 힘써 공부한다고 말할 수 있겠습니까.

유찬기[72]가 접때 와서 『계몽약해대의』를 받아갔습니다.

오 서방[73]이 어려움을 당하고 있으나 잘 버티고 있습니다. 그러나 손자아이들이 기댈 곳이 없으니 매우 가련할 뿐입니다.

석이버섯과 죽순을 보내주셔서 고맙고 고맙습니다.

이만 줄입니다. 남은 섣달, 하늘의 보살피심이 있길 빕니다.

— 1704년 12월 18일 죄인[74] 창협

오 서방이 보낸 위장[75]은 당연히 도착했습니다.

김창흡 (金昌翕, 1653~1722)

자는 자익(子益), 호는 삼연(三淵)이다. 김상헌의 증손자로, 영의정 김수항의 셋째 아들이며, 영의정을 지낸 창집과 예조판서 등을 지낸 창협이 형이다.

어려서부터 성품이 호방하고 인품이 뛰어났다. 작은 일에 거리낌이 없고 큰 뜻이 있어 부귀와 분화(紛華)한 것은 더러운 것을 보는 듯했다. 이단상(李端相)의 문인이며 사위로 과거에는 뜻이 없었으나, 아버지의 명으로 응시해 1673년(현종 14년) 진사시에 합격했으며, 이후로는 더 이상 과거에 나가지 않고 산수를 즐기며 살았다.

1689년 기사환국으로 아버지가 진도에서 사사되자 영평에 은거하며 『장자』와 사마천의 『사기』를 읽고 시를 지으며 성리학에 몰두했다.

김창흡의 학문 세계는 이황의 주리설과 이이의 주기설을 절충한 경향을 띠었으며, 사단칠정(四端七情)에서는 이(理)를 좌우로 갈라 쌍관(雙關)으로 설명한 이황의 주장에 반대하고, 표리(表裏)로 나누어 일관(一關)으로 설명한 이이의 주장을 따랐고, 『중용』의 미발(未發)에 대해서도 깊이 연구했다. 신임사화로 절도에 유배된 형 창집이 사사되자 지병이 악화되어 죽었으며, 저서로 『삼연집(三淵集)』, 『심양일기(瀋

陽日記)』 등이 전한다.

佚老宗兄 初度之辰 邂逅團會

弟之懸弧 適又同日 觴豆流連之餘

咸謂不可無詩 遂題一律 以要主翁俯和

邂逅懸弧夕

團圓佚老堂

忘衰對華鬢

破戒用深觴

菡萏迎風擧

棕櫚過雨凉

歸餘申後約

更擬祝年長

_ 晬日同在閏月 而適逢之 故結句云

庚寅 七月 初五日 宗弟 昌翕

일로[76] 종형[77]께서 생신을 맞아 단란한 모임을 가졌다.

나도 또한 같은 날에 마침 생일[78]을 맞았다.

술과 안주로 질탕한 술자리를 벌이던 중, 모두 이 자리에 시가 빠져

佚老宗兄初度之辰邂逅團
會弟之懸弧適又同日觴豆
流連之餘咸謂不可無詩遂
題一律以要
主翁俯和
邂逅懸弧夕團圓佚老
堂忘衰對華鬢破戒
用深觴菡萏迎風擧
棕櫚過雨涼歸餘申後
約更擬祝年長
晬日同在閏月而適逢之
故結句云
庚寅七月初五日宗弟昌翕

김창흡의 시, 개인 소장

서는 안 된다고 하므로 마침내 율시 한 수를 지어 올리니 주인어른께서 화답해주시기를 원한다.

생신날 저녁 만남에
일로당이 단란하구나
노쇠함 잊고 흰 귀밑머리 마주하며
거리낌 없이 술잔을 채우네

연꽃 봉오리 바람 맞아 살랑이고
비 지나간 종려나무에 찬 기운 돌면
귀여[79]에 다시 만나자 약속하고
오래오래 사시길 거듭 축원하네

— 생일이 함께 윤달에 있어 마침 겹치므로 마지막 구절에 이를 인용했다.
1710년 7월 5일 종제 창흡

김창업 (金昌業, 1658~1721)

자는 대유(大有), 호는 가재(稼齋) 또는 노가재(老稼齋)로 김수항의 넷째 아들이다. 어려서부터 김창협, 김창흡 등 형들과 함께 학문을 익혔고, 특히 시에 뛰어났다.

1681년 진사시에 합격했으나 벼슬길에 나아가지 않고 한양의 동교송계(東郊松溪, 지금의 성북구 장위동)에 은거하다가, 1689년에 기사사화가 일어나자 포천 영평산에 숨어 살았고, 1694년 정국이 노론에게 유리해지자 다시 송계로 나왔다. 평생 벼슬을 멀리하며 거문고, 시와 그림을 즐기면서 살았다.

〈추강만박도(秋江晩泊圖)〉 등 뛰어난 그림이 전하며, 1712년 연행정사(燕行正使)인 김창집을 따라 북경에 다녀와 펴낸 『노가재연행록(稼齋燕行錄)』은 역대 연행록 중에서 가장 뛰어난 책으로 손꼽힌다.

謹次 蕉窓 族兄 席上韻 上 佚老堂 案下

繞座黃花送酒頻
風流何謝韋家春
呼來却有登堂樂
歸去應無不醉人

美事幾年嗟未繼
吾宗今日樂宜均
兒曹敬聽老兄訓
同姓由來百代親
__ 辛卯 孟冬 上浣 弟 昌業 稿

김창업의 시, 개인 소장

초창[80] 족형[81]과 동석한 이의 시에 차운해 일로당[82]께 시를 드리다

국화꽃자리에서 자주 술을 내리시니
그 풍류가 위가[83]의 봄날에 비길 건가
부름 받아 마루에 오르는 즐거움도 있나니
돌아갈 때면 취하지 않은 사람이 없다네

아름다운 일 잇지 못한 아쉬운 세월은 몇 해련가
오늘날 우리 집안의 즐거움은 두루 미쳐야 하리니
아이들은 늙은 형의 말씀을 경청하는데
같은 성을 받은 몸 백대를 이어 친밀하겠네
_ 1711년 10월 초순 창업 씀

김창즙(金昌緝, 1662~1713)

자는 경명(敬命), 호는 포음(圃陰)으로 김수항의 여섯 아들 중 다섯째다. 영의정 창집, 대제학 창협, 유학자 창흡, 문인이며 화가인 창업은 모두 그의 형이며, 6형제가 문장의 대가로 육창이라 칭했다.

조봉원(趙逢源)의 문인으로 1684년 생원시에 합격해 교관에 임명되었으나 나가지 않았다. 1689년 기사환국으로 아버지가 사사되자 벼슬을 그만두고 학업에 전념했으며, 1700년 아버지의 유문(遺文)인

『문곡집』을 간행했다. 문장에 능했으며, 성리학에도 조예가 깊었다.

영의정을 지낸 기계 유씨(杞溪 兪氏)의 후손 유척기(兪拓基)의 스승으로 『징회록(澄懷錄)』 1권과 『포음집(圃陰集)』 6권 등을 저서로 남겼다.

昌緝白

阻闊至此 每切悵仰

玆伏奉辱問札 得審邇來 政候佳福 欣慰千萬

昌緝 孤露以來 惟兄弟相依爲命

而遽遭仲兄之喪 情理痛酷 尙忍言哉

三種珍餉 如數拜領 苟非見念之至勤 千里之外 豈易致此

感怍之深 無以仰喩

餘萬病昏不宣

伏惟下照 謹謝狀上

— 戊子 五月 十五日 世弟 朞服人 金昌緝 狀上

창즙[84]이 아룁니다.

소식이 이다지도 막혀 늘 간절히 그리워하고 있었습니다.

이제 보내주신 편지를 받아 그동안 정무를 돌보시며 잘 계셨음을 알게 되니 기쁨과 위로가 넘칩니다.

저는 부모님께서 모두 돌아가시고 오로지 형제끼리 서로 의지해 목숨을 이어오고 있는데 갑자기 둘째 형이 세상을 떠나시니[85] 가슴이

昌緝白 阻濶至此 每切悵仰 玆伏

奉

辱問札 得審 邇來

政候佳福 欣慰千萬 昌緝孤露

來 惟兄弟相依爲命 而遽遭仲氏

之喪 情理痛酷 尚忍言哉 三種

珍餉 如數拜領 苟非見

念之至勤 千里之外 豈易致此 感

作之深 無以仰喻 餘萬病昏不宣

伏惟

下照 謹謝狀上

本安東官教官歸圍陰

戊子五月十五日 世弟朞服人 金昌緝 狀

김창즙의 간찰

메어 드릴 말씀이 없습니다.

보내주신 세 가지 귀한 물품은 잘 받았습니다.

생각해주심이 이토록 지극하지 않고서는 천 리 밖에서 이렇게 베푸시기가 어찌 쉬운 일이겠습니까.

감사와 부끄러움에 표현할 길이 없습니다.

나머지는 병으로 어지러움이 심해 더 쓰지 못합니다.

살펴주시기 바라며, 삼가 답장을 올립니다.

— 1708년 5월 15일 상을 당한 세기[86] 김창즙 올림

2부

환국, 그 비정의 시대

1
왕가는 공맹을 몰랐는가

아버지를 여읜 이를 '고(孤)'라 하고, 어머니를 여읜 이를 '애(哀)'라고 한다. 아내를 떠나보낸 남자는 '환(鰥)', 늙어서 남편과 사별한 여자는 '과(寡)'라 부른다. 그런데 그 어디에도 자식 잃은 사람을 일컫는 말이 없다. 그 슬픔이 너무 커 언어로 표현할 수 없어서일 것이다.

진(晉)나라 환온(桓溫)이 촉(蜀)나라를 정벌하기 위해 삼협(三峽)을 지나게 되었는데, 한 병사가 새끼 원숭이 한 마리를 잡아왔다. 잠시 후 이를 안 어미 원숭이는 환온이 탄 배를 좇아 백여 리를 뒤따라오며 슬피 울었다. 마침내 강어귀가 좁아지는 곳에 이르러 어미 원숭이는 몸을 날려 배 위에 올랐지만 바로 죽고 말았다. 배에 있던 병사들이 죽은 원숭이의 배를 갈라보니 창자가 토막토막 끊어져 있었다 한다. 이 이야기는 『세설신어(世說新語)』에 나온다. 자식을 잃은 슬픔을 이야기할 때 흔히 '단장(斷腸)의 아픔', 즉 창자가 끊어지는 아픔이라고 표현하는데, 바로 이 고사에서 나온 말이다.

공자의 제자 자하(子夏, 기원전 507~기원전 420?)는 서하(西河)에서 아들이 죽자 너무 슬퍼한 나머지 시력을 잃었다. 여기에서 '서하지척(西河之慼)'이라는 말이 나왔다. 자식이 죽으면 땅이 꺼지는 아픔을 겪는다고 말한다. 그래서 자식이 죽으면 가슴에 묻고, 평생을 아픔으로 살아간다.

'승냥이와 호랑이조차 새끼는 잡아먹지 않는다[豺虎猶不食子]'고 했다. 『조선왕조실록』에는 아들을 죽인 왕에 대한 기록이 두 번 나온다. 정치권력을 위해 형제를 죽이고 조카를 죽인 이야기는 세계사에서 그리 드문 일이 아니다. 그러나 정권 유지를 위해 아들을 자기 손으로 죽인 참혹한 역사는 더 들어본 적이 없다.

광해군에 대한 개인적인 원한으로 칼을 뽑아 반정에 성공한 인조는 국제 정세에 대한 그릇된 판단으로 병자호란을 자초했다. 그의 무지와 무능이 한민족 역사상 가장 참혹한 전란으로 이어져 조선 백성을 전대미문의 불행으로 몰아넣고 말았다. 그런 그가 인질로 보냈던 총명한 아들 소현세자를 독살했다는 소문은 계속해서 전해 내려오고 있다. 그뿐만 아니라 그는 포로로 청나라에 끌려간 조선 백성을 구하는 데 앞장선 며느리마저 사약을 내려 죽이고 말았다.[87]

'내리사랑'이라 했다. 그런데 인조에게는 이런 애틋한 정조차 없었던 것 같다. 손자 셋이 망망대해를 건너 멀고 먼 제주도로 기약 없는 유배를 떠났다. 그때 막내 손자의 나이 겨우 4세에 불과했다. 조선 역사를 통틀어 백성을 가장 힘들게 하고 '치욕의 역사'를 남긴 무책임한 임금 인조는 무려 26년 동안 재위했다.

비극은 인조의 현손 영조 대에 되풀이되었다. 어떤 이유에서건 영조는 당시 하나밖에 없던 아들을 뒤주에 넣어 죽였다. 영조의 아들 사도세자는 몸도 펼 수 없는 좁고 어두운 뒤주 속에서 8일간 물 한 모금 마시지 못한 채 비명을 지르며 죽어갔고, 훗날 정조가 되는 그의 아들은 피눈물을 삼키며 이 광경을 지켜봐야 했다.

이복 형 경종을 독살했다는 세간의 의혹 속에서 국왕으로 즉위한 영조는 조선시대 왕 27명 중 최장수를 누리면서 51년 7개월, 가장 오랜 기간 왕위에 있었다.

숙종 시대의 서막

숙종은 인조의 증손이며 영조의 아버지이다. 현종의 외아들로 태어나 1674년 14세의 어린 나이로 즉위했다. 어머니는 청풍 김씨(淸風金氏) 김우명(金佑明, 1619~1675)의 딸인 명성왕후(明聖王后, 1642~1683)이다.

조선 시대를 통틀어 최악의 왕비로 기록된 여성은 명종의 어머니 문정왕후이다. 『연려실기술(練藜室記述)』에 따르면 그녀는 아들 명종이 말을 듣지 않으면 윽박지르고 매질까지 하면서 국정을 농단했다고 한다. 그래서 '사직의 죄인'으로 『조선왕조실록』에 기록되어 있다.

감정적이고 거친 성품의 소유자인 명성왕후는 당대에 이미 문정왕후와 비견되었다. 숙종은 그런 어머니의 치맛바람 속에서 성장했다. 명성왕후의 친정아버지 김우명은 현종의 사촌동생인 복선군(福善君)과 그의 형제 복창군(福昌君), 복평군(福平君), 즉 삼복(三福)을 제거하기 위해 그들이 궁녀와 간통해 임신시켰다는 거짓 고발을 했다. 그러나 이 사건은 근거 없는 모함으로 밝혀져 김우명은 일대위기를 맞게 된다. 이에 명성황후는 왕명을 사칭해 한밤중에 대신들을 긴급 소집했다. 그녀는 편전에서 소복차림으로 대성통곡하며 대신들에게 부당한 압력을 행사하고 숙종을 윽박질렀다. 이 결과 오히려 죄 없는 삼복들만 귀양길에 올랐다. 이를 '삼복의 옥(獄)'이라고 하는데 훗날 경신환국의 불씨가 된다.

임금의 사생활

14세의 숙종은 즉위하자마자 복상 문제와 관련해 67세의 송시열을 유배시켰다. 그러나 이후 정권을 잡은 남인의 전횡이 심해지자, 숙종은 다시 송시열의 서인 세력과 손잡고 삼복의 옥을 일으켜 영의정 허적 등 남인들을 제거했다. 이를 경신환국이라 한다.

그러나 희빈 장 씨 소생인 왕자 윤(昀)을 태어난 지 두 달 만에 원자로 정호(定號)하면서 이번에는 이를 반대하는 송시열, 김수항 등을 사사하고 서인의 노론 측을 대거 숙청한다. 이어 인현왕후 민 씨를 폐위시키고, 장희빈을 중전의 자리에 앉히면서 남인의 시대가 도래하게 된다. 이것이 기사환국이다.

이로부터 5년 후, 이번에는 다시 중전 장 씨를 폐위시키고 폐비 민 씨를 복위시키면서 남인들을 몰아내고 소론계를 등용해 정국전환을 꾀하게 되는데 이는 갑술환국이다.

다시 7년 후 인현왕후 민 씨가 죽고 희빈 장 씨의 처소에서 중전 민 씨를 저주하기 위한 신당이 발견되자 숙종은 어린 아들이 보는 앞에서 희빈 장 씨에게 사약을 내려 죽였다. 그리고 이를 만류하던 남구만, 최석정, 유상운 등 소론 세력을 귀양 보내거나 파직했다. 이를 '무고의 옥'이라고 한다.

이런 일련의 과정들을 통해 당대의 숱한 인재들이 비명에 사라졌고, 숱한 명문가들이 고난의 길을 걷게 되었다. 조선 지식인 사회가 겪은 최악의 인재 말살이었다. 역사는 이 사건들을 숙종과 궁중 여인들 사이의 애증에서 비롯된 것으로 묘사하기도 했다. 그러나 결과를 놓고 보면 숙종이 사랑하는 여인들과의 애증 관계도 정치적 수단으로 활용했던 것을 알 수 있다. 즉 사생활일 수도 있는 처자식들과의 애증을 정치의 장으로 끌어내 의도적으로 정파들을 반목시키고 정쟁을 야기시켜 환국정치의 명분을 만들어 왕권을 강화시킨 것이다.

장옥정은 『숙종실록』에 '자못 얼굴이 아름다웠다'고 기록된 여인이다.

> 숙종 12년 병인(丙寅, 1686) 12월 10일 장 씨를 책봉해 숙원으로 삼다. … 나인으로 뽑혀 궁중에 들어왔는데 자못 얼굴이 아름다웠다. 경신년(庚申, 1680)에 인경황후가 승하한 후 비로소 은총을 받았다.

여러 가지 정황을 미루어 볼 때 젊은 숙종이 이 아름다운 여인을 얼마나 뜨겁게 사랑했는지 짐작이 가고도 남는다. 또 그 여인과의 사이에서는 귀한 왕자도 태어났다. 그런데 숙종은 왕자가 지켜보는 앞에서 직접 그녀에게 사약을 먹여 죽였다. 설사 어떤 몹쓸 잘못을 저질렀다 하더라도 자식 낳고 살 맞대고 같이 산 여인을 죽이지 않는 것이 인간의 도리이다. 아니, 그것은 명백히 천륜인 것이다. 죽이고 싶도록 미워졌다면 멀리 내쫓아 안 보면 그뿐 아닌가. 인현왕후를 죽이기 위해 신당을 만들어 저주했다고 하지만 인현왕후가 장옥정의 저주 때문에 죽은 것이 아니라는 것쯤은 숙종 자신도 알았을 것이다.

숙종이 누리고 싶어 한 왕권은 그 누구라도 서슴지 않고 죽일 수 있는 잔인한 칼날을 품고 있었다.

환국, 절대 권력의 칼날

숙종은 군주의 고유권한인 용사출척권(用捨黜陟權)[88]을 남용해 환국 정치로 왕권을 강화해나갔다. 그는 잦은 환국을 통해 정치적 입장을 달리하는 붕당의 대립을 고의적으로 촉발시켜 용사출척의 명분을 만들고 공포를 통해 충성을 강요했다. 이 예측불허의 정치판에서 조선의 사대부는 도덕적 양심, 학문적 소신, 또는 정치적 야망으로 억울하게 죽어갔다.

인현왕후 폐출에 반대해 상소문을 올린 박태보(朴泰輔)는 형틀에 거꾸로 매달린 채 벌겋게 달군 쇠로 담금질을 당하면서 "이 같은 형벌은 역적질을 한 대역 죄인에게나 하는 것인데 왜 내가 이 형벌을 받아야 하느냐"며 울부짖었다고 전한다. 그는 이 고문 후유증으로 귀양길에 세상을 떠났다.

공자는 '무도한 자를 죽여 도(道)가 있는 나라를 이루는 것'에 대해 정당성을 묻는 계강자(季康子)에게 "정치에 어찌 '살(殺)'을 쓸 수 있는가? 그대가 선하면 백성도 선할 것이다. 군자의 덕은 바람과 같고 소인의 덕은 풀과 같아서 풀 위로 바람이 불면 풀은 반드시 눕게 된다[子爲政 焉用殺 子欲善 而民善矣 君子之德風 小人之德草 草上之風必偃]"며 정치를 위한 살인 행위를 단호히 거부했다.

맹자는 "한 사람이라도 무죄한 사람을 죽이면 인이 아니다[殺一無罪 非仁也]"라고 했다. 자기를 죽이고, 두 아내를 빼앗으려 했던 이복동생 상(象)조차도 죽이지 않고 먼 곳으로 보낸 순임금의 일이 『맹자』에 기록되어 있다.

조선사회의 정치철학은 공맹(孔孟)에서 비롯된 것이다. 이들의 사상은 인의(仁義)에 바탕을 두며, 인의는 생명 존중에서 시작된다. 이런 관점에서 볼 때 왕권 유지를 위해 가족과 신하의 목숨을 대수롭지 않게 여긴 숙종은 참 나쁜 왕이었다.

왕권이 강화되었다는 평가를 받는 숙종 시대는 조선 선비들에게는 혹독한 수난기였다. 숙종은 45년 10개월이라는 긴 세월 동안 왕위에 군림했다. 조선의 왕 가운데 영조에 이어 두 번째로 긴 재위 기간이다.

2

왕가의 사돈으로 살아가기

절대군주 시대에 왕가와 혼인으로 묶인다는 것은 대단히 영광스러운 일이었겠지만, 실상은 좀 달랐다. 왕가와 사돈이 된다는 것 자체가 가문의 존망을 결정짓는 불행한 일도 적지 않았기 때문이다.

1681년 7월 정재륜(鄭載崙, 1648~1723)은 재혼을 허락해달라는 상소를 올렸다. 그는 영의정 정태화(鄭太和, 1602~1673)의 아들로 태어나 후사를 잇지 못하던 숙부 정치화(鄭致和, 1609~1677)에게 입양됐고, 1656년 효종의 다섯째 딸 숙정공주(淑靜公主, 1645~1668)와 혼인해 동평위(東平尉)에 봉해졌다. 숙정공주가 1668년 23세로 세상을 떠나고 외아들 효선(孝先)이 1681년 요절해 대가 끊기자, 어쩔 수 없이 재취할 수 있도록 왕의 허락을 구한 것이다. 아내를 잃었을 때 정재륜의 나이는 불과 20세였다.

숙종은 마지못해 허락했지만 대신들은 왕가의 존엄을 위해 스스로 알아서 극력 반대했고, 더 나아가 향후 부마가 다시 장가들 수 없게 하는 법을 곧바로 정했다. 절대왕조의 권위는 이렇게 인륜도 짓밟고 있었다.

계급·신분의 벽과 경제·문화적 간극을 넘어 맺어진 부부가 상대방 가문과의 이질감을 극복하고 성공적인 결혼 생활을 한다는 것은 지금도 쉬운 일이 아니다. 하물며 전제군주의 절대적 권위가 지배하는 조선사회에서 왕가와 사돈이 된다는 명예는 많은 것을 내려놓아야 한다는 것을 전제했다.

강빈옥사

두 달이 채 안 되어 끝이 난 병자호란은 7년 동안 두 차례에 걸쳐 이어진 임진왜란과 비교가 되지 않을 만큼 참혹했다. 인조와 함께 남한산성으로 피신했던 공조참의 나만갑(羅萬甲, 1592~1642)은 『병자록(丙子錄)』에 당시 1,100만 명에 불과한 조선 인구 가운데 5퍼센트가 넘는 60만 명 정도가 노예로 혹은 성노리개로 청나라에 끌려가 팔려 다녔다고 기록했다. 삼전도의 굴욕스러운 '왕의 항복'이 조선 백성에게는 새로운 비극의 서막에 불과했던 것이다.

병자호란의 항복 조건으로 인질이 되어 잡혀간 소현세자는 죽지 못해 사는 조선 백성을 구하기 위해 아내 강빈(姜嬪)과 더불어 온갖

노력을 다했고, 이런 까닭에 백성들로부터 아버지 인조와 정반대의 칭송을 받았다. 하지만 귀국하고 나서는 어떤 연유인지 인조에 의해 독살된 것으로 알려졌다. 그뿐만 아니라 강빈은 터무니없는 역모 누명을 쓰고 사약을 받았고, 강빈 소생의 세 왕자는 어린 나이에 제주도로 기약 없는 유배를 떠나야 했으며, 강빈의 늙은 어머니를 포함한 형제들도 역모에 연루되었다는 죄명으로 모두 처형되었다. 왕가의 인척이 된다는 것은 이렇게 멸문지화(滅門之禍)의 위험도 함께 안고 있었다.

> 咨爾閔氏 詩禮名門 善祥奕世 幽閑貞靜 藹有嘉聲 徽恭婉嫕 雅著柔 則誠有足以副寤寐之求 膺褘翟之尊者
>
> 아! 그대 민 씨는 시와 예로 이름 있는 가문의 후예로, 착하고 상서로운 이름을 이어왔으니 그윽하고 여유로우며, 올곧고 고요하므로 아름다운 명성이 가득 넘쳤다. 유순하고 상냥하고 우아하게 드러난 부드러움은 참으로 애타게 구하던 바에 흡족해 왕후로서의 존귀함을 갖추고 있다.

숙종이 여흥 민씨 민유중(閔維重)의 딸을 왕후로 맞이하기 위해 보낸 교명문(敎命文)에는 인현왕후에 대해 이렇게 쓰여 있다. 왕가와 조정의 이 같은 축복 속에 책봉된 왕후도 장옥정이 등장하면서 폐서인(廢庶人)이 되었다가, 갑술옥사로 다시 왕후로 복위하는 등 온 집안과 함께 파란을 겪으면서 건강을 해쳐 34세 나이에 세상을 뜬다.

1689년 기사환국의 여파로 인현왕후가 폐출되고 장희빈이 정비(正妃)가 될 때, 인현왕후의 큰아버지 민정중(閔鼎重, 1628~1692)은 좌의정 자리에서 쫓겨나 벽동(碧潼)에 유배되어 죽었으며, 오라버니인 민진후(閔鎭厚)도 삭직당해 귀양살이를 하는 등 왕가의 사돈이 되면서 집안 전체가 살얼음판 같은 세월을 살았다.

이처럼 조선시대에 왕가의 사돈으로 살아가는 일은 가문의 영광과 몰락이라는 양날의 검과 같은 것이었다.

인현왕후 친정 집안 간찰 중에 조카 민창수(閔昌洙)의 간찰은 원래 어느 집안에서 대대로 전해오던 간찰첩 속에 있었다. 이해타산 밝은 어느 고서화 판매상이 이 간찰첩을 구입해 상품 가치가 있다고 생각되는 간찰은 낱장으로 떼어내 팔고, 작자 미상이나 상품성 없는 부분은 잡다한 문서더미로 방치했는데 그 속에서 발견된 것이다.

필자는 이를 처음 본 순간, 이 간찰이 오랫동안 눈에 익숙한 민진원의 글씨라고 확신했으나 다시 살펴보고 나서 그의 큰아들인 민창수의 글임을 알고 크게 놀랐다. 함께 묶여 있던 다른 문서와 합쳐 입수한 후 민진원의 글씨와 비교해 한 장 한 장 읽어가면서, 대를 이어 유전된 필체와 그 속에 깃든 명문가의 선비 정신을 확인하며 흥분을 감출 수 없었다. 신비와 경이 그 자체였다.

이번에는 또 첩의 바탕에 흡사한 필체가 비쳐 솜씨 어설픈 표구상을 졸라 물에 불려 분리했더니, 그 속에서 이 간찰 내용의 주인공이 되는 민형수(閔亨洙)의 귀한 간찰을 위시해 몇 가지 문서를 더 얻을 수 있었다. 다음에 나오는 민창수와 민형수의 간찰이 바로 그것이다.

문장이 워낙 길고 난해해 부분적으로 수록하려 했으나, 일반 간찰에 비해 내용이 풍부하고 역사적인 고증 자료로 흥미로워 전문을 모두 탈초, 번역해 싣는다. 무엇보다 이 간찰은 가문과 가족을 기준으로 이 책을 쓰게 만든 직접적인 동기가 되었으므로 필자에게는 의미가 크다.

여흥 민씨驪興 閔氏

민유중(閔維重, 1630~1687)

자는 지숙(持叔), 호는 둔촌(屯村)으로 숙종의 비 인현왕후의 아버지다. 강원도관찰사 민광훈(閔光勳)의 아들로 1650년 증광문과에 급제, 예문관을 거쳐 1671년부터 형조판서, 대사헌, 호조판서 등 요직을 역임했다.

숙종이 즉위하면서 남인이 집권하자 흥해(興海)로 유배되었다가 경신대출척 후 다시 조정에 들어와 공조판서, 호조판서 겸 선해청당상, 병조판서 등을 지내면서 서인 정권을 주도했다. 1681년 딸이 숙종의 계비 인현왕후가 되자 여양부원군(驪陽府院君)으로 봉해졌다. 노론 세력의 핵심이었으며, 경서에 밝았다. 저서로 『민문정유집(閔文貞遺集)』 10권 10책이 전한다.

便中 得承 初四日委札 備審新歲 雅履佳福 欣慰倍切

脚痛之症 不過偶發 不足爲憂

而貴兒吐瀉 日久不止 則殊可慮也 近復何如

懷鄕安否 久未得聞 不勝憂鬱 須隨聞示之

臘藥未及成劑矣

別筆十柄 別紙三十張 送呈

紙則此間無楮所餘者只十卷 以此分之 其略少可知可歎

不宣 謹狀

_ 辛亥 正月 初八日 維重

인편을 통해 초사흘에 보내신 편지를 보고 새해를 맞아 멋진 운치 속에서 아름다운 복을 누리심을 알게 되어 무척 기쁘고 위로됩니다.

다리 통증은 우연히 생긴 것이어서 걱정할 것 없습니다만 귀댁 아이의 토사 증세는 오래 그치지 않으니 매우 걱정스럽습니다. 지금은 어떻습니까?

회향[89]의 안부를 듣지 못한 지 오래되어 우울합니다. 들으신 내용이 있으면 반드시 알려주십시오. 납약[90]은 아직 조제하지 않았습니다.

별도로 붓 열 자루와 종이 서른 장을 보내드립니다.

辛亥正月初八日　維重

便中得承初四日

委札備審新歲

雅履佳福欣慰倍切　脚痛之症不

過偶發不足為憂而　賤兒吐

瀉日久不止則殊可慮也近復

何如

懷鄉　安否久未得聞不勝憂欝

須隨聞　示之臘藥未及成劑矣

別筆十柄別紙三十張送呈紙則此

間無儲構所餘者只十卷以此分

之其略少可知可

歎不宣謹狀

민유중의 간찰

종이는 여기에도 여유분[91]이 기껏 열 권밖에 없어 이것을 나눠드릴 수밖에 없습니다. 약소해 개탄스럽습니다.

이만 줄이며 삼가 글을 올립니다.

— 1671년 1월 8일 유중

민진후(閔鎭厚, 1659~1720)

송준길의 외손자이기도 한 민진후. 자는 정순(靜純), 호는 지재(趾齋). 유중의 아들이다. 키는 보통 사람을 넘지 않았으나 얼굴빛이 씩씩하고 기개와 정신은 넘쳐흘렀다고 전한다.

젊은 시절 송시열의 문인으로 1682년 생원이 되고 1686년 별시문과에 병과로 급제해 승문원 정자(正字)가 되었다가 기사환국이 일어나자 삭직되어 귀양살이를 했다. 1694년 갑술환국으로 인현왕후가 복위됨에 따라 다시 관직에 나아가 충청도관찰사, 사간원 대사간, 형조참의, 한성부판윤 등을 역임했으나 1706년 의금부의 지사(知事)로서 유생 임부(林溥)가 세자모해설(世子謀害說)을 발설해 일어난 옥사 때 왕 앞에서 함부로 논죄하다가 소론의 탄핵을 받아 파직되었다.

1717년 동지사(冬至使)로 청나라를 다녀온 후 예조판서, 공조판서 등을 역임하고 개성부유수로 재직 중 죽었다. 늘 선비의 기품을 지켰으며 글씨에도 능했다. 저서로는 『지재집(趾齋集)』이 전한다.

卽因京褫 獲承問札 仍惟新元 政履茂休 公私忻頌 有加尋常

僕 來守舊都 庶便調養 感戴恩私 莫知所報

而每聞日邊消息

輒增焦煎 實非所可堪者 奈何奈何

惠餉四種珍味 謹領佩荷

千萬不宣 伏惟照亮 謝上狀

— 庚子 元月 鎭厚

지금 서울에서 온 편지를 받아 새해 정무 보시는 중에 복을 많이 누리심을 생각하니 공적으로나 사적으로나 기쁘기 한량없습니다.

구도[92]로 부임해 건강을 잘 보살필 수 있게 되어 이 은혜에 어떻게 보답할지 모르겠습니다.

그러나 도성 소식을 들을 때마다 초조하고 고민스러운 이 마음을 감당할 수 없으니 어찌하겠습니까.

보내주신 네 가지 진귀한 음식은 감사히 잘 받았습니다.

할 말은 많지만 이만 줄입니다. 살펴주십시오.

삼가 답장을 올립니다.

— 1720년 새해에 진후

민진후의 간찰

민진원(閔鎭遠, 1664~1736)

자는 성유(聖猷), 호는 단암(丹巖)·세심(洗心)으로 민진후의 동생이다. 1691년 증광문과에 급제했으나, 동생인 인현왕후의 유폐로 등용되지 않다가 1694년 갑술옥사 후 정권이 바뀌면서 등용되었다. 사복시정(司僕寺正), 집의(執義) 등을 거쳐 1703년 전라도관찰사로 있을 때 서원이 난립하자 지방 재정 낭비와 당쟁의 원인으로 보고 이를 억제했다. 1705년에는 장희빈 사건으로 부처(付處)된 남구만의 감형을 상소해 이를 실현시켰다.

예조, 이조, 호조, 공조 등의 판서를 두루 역임했으며 1722년 신임사화로 노론이 실각하자 성주(星州)에 유배되었다. 1724년 영조의 즉위로 우의정에 오르고 이어서 실록청 총재관으로 『경종실록』 편찬을 주관했다.

노론의 영수로, 영조의 탕평책에 따라 좌의정에 있던 소론 4대신 중 한 사람인 유봉휘(劉鳳輝)를 신임사화의 주동자로 지목해 탄핵, 유배시키고 그해에 좌의정이 되었다. 고집과 신념이 강해 노론의 지조를 평생 지켰으며 영조의 탕평책을 지지하면서도 주장을 굽히지 않았다. 글씨를 잘 쓰고 문장에 능해 『단암주의(丹巖奏議)』, 『연행록(燕行錄)』 등을 남겼다.

鎭遠白

家禍荐酷 昨年哭妹 今又哭弟 年年嶺外 聞此孔懷之痛 痛毒摧割

不自堪忍

況 老慈連遭慘戚 悲哀過節 無以支保云

遙望煎泣 益復罔極 尙忍何言

伏蒙令慈遠賜慰問 辭旨悲懇 撫存甚勤 哀感之至 無任下誠

仍 伏惟卽日潦炎 令閑養起居萬福 傾傃恒切

鎭遠 思親悼亡 心肝摧腐 只形殼僅存而已

末由面訴 徒增哽塞 謹奉狀上謝 不宣謹狀

_ 甲辰 六月 初五日 朞服纍人 閔鎭遠 狀上

李 廣州 令座 前

진원이 아뢉니다.

집안에 거듭된 화가 혹독해 작년에는 누이가 죽고 올해는 아우를 잃었습니다.

해마다 고개 너머에서 들려오는 공회지통[93]의 아픔에 가슴이 찢어져 견딜 수 없습니다.

게다가 연이은 참척[94]으로 늙으신 어머니는 슬픔이 지나쳐 버텨내기 어렵다고 합니다.

멀리서 가슴 태우고 울어봐도 망극하기만 하니 무슨 말을 더하겠습니까.

멀리 그대께서 보내신 위문편지를 받으니 슬픔과 간절한 마음으로 어루만져주시는 지극한 마음에 감동했습니다.

민진원의 간찰

그리고 장마 무더위가 기승을 부리는 요즈음 한가로이 마음을 닦으시면서 잘 계실 그대를 떠올리며 늘 그리워만 합니다.

저는 부모님을 생각하고 세상을 떠난 아내를 생각하면, 마음이 끊어질 듯한 아픔에 겨우 빈 몸뚱어리만 남았을 뿐입니다.

만나서 하소연할 길 없어 그저 목만 멥니다.

이만 줄이며 삼가 답장을 올립니다.

— 1724년[95] 6월 5일 상중에 누인[96] 민진원 올림

광주 이 영감[97]께

민우수(閔遇洙, 1694~1756)

민우수의 자는 사원(士元), 호는 섬촌(蟾村)·정암(貞庵)으로 민진후의 아들이다. 권상하의 문인으로 1714년(숙종 40년) 사마시에 장원으로 합격해 벼슬길에 올랐다. 그러나 신임사화가 일어나자 벼슬을 버리고 낙향해 학문에만 전념하다 1751년 다시 복귀해 사헌부 대사헌을 거쳐 성균관좨주, 세자 찬선(贊善) 등을 지냈다.

글씨를 잘 썼으며, 저서로는 『정암집(貞菴集)』 16권이 전한다.

楊山得見手字 而歸來 不得憑便 汔稽奉復

昨始作書 送入京遞 牛灣奴往 合德者來付書 故又作此附之

留京幾日 而歸侍亦已幾日耶

向來季明之病 果有向減之勢 而曾聞欲復還牙寓矣 其計可成耶

念之不能忘也

此身粗保病劣 眷聚皆安 而兒子輩 至今未歸 殊可關心

近日讀何書 而意味何如 幸示之

二墨甚薄劣 而適有所得 略此分送

悤悤不宣

__ 戊午 九月 十八日 閔遇洙

양산[98]에서 편지를 받고 돌아왔으나 인편을 구하지 못해 지금껏 답장을 미루었습니다.

어제 비로소 글을 써 서울로 가는 편에 보냈는데 우만[99]의 종이 가고 나니 합덕[100] 사람이 편지를 가져와 또다시 써 보냅니다.

서울에는 얼마나 머무셨으며 돌아가셔서 부모님 모시고 며칠이나 지내셨는지요?

저번에 계명이 병을 앓는다고 했는데 나아질 기미는 보이는지요?

아산 집으로 돌아가시려 한다던데 그 계획은 이루어지겠습니까?

생각하면 할수록 잊히지 않습니다.

저는 병든 몸으로 그럭저럭 지냅니다. 그러나 권속들은 다 잘 있는데 아이들이 지금까지 돌아오지 않고 있어 무척 신경이 쓰입니다.

근래에는 어떤 책을 읽으셨고 또 그 의미는 어떠한지 알려주시면 좋겠습니다.

민우수의 간찰

마침 보잘것없는 먹 두 개가 생겨 약소하지만 나누어드립니다.

이만 줄입니다.

— 1738년 9월 18일 민우수

민창수(閔昌洙, 1685~1745)

민창수의 자는 사회(士會), 진원의 맏아들이며 김창집의 사위이다. 숙종 40년 갑오(甲午) 증광시(增廣試)에 생원 2등으로 입격했다. 관직은 부솔(副率)을 지냈다. 일평생 노론의 거두인 아버지 민진원을 신원(伸冤)하면서 조현명(趙顯明), 송인명 등 소론과 대립했는데, 심지어 탄핵을 받은 당시 우의정 조현명은 그가 국문을 당하게 되자, 국문이 끝난 뒤에도 영조 앞에서 '주먹으로 땅을 두드리며 기승을 부리기'까지 했고, 이 일로 진노한 영조가 오랫동안 정사를 살피지 않은 일도 있었다.[101]

아우 형수(亨洙), 통수(通洙) 모두 글을 잘 썼는데, 특히 창수의 이 간찰은 필체가 아버지의 간찰과 구별이 안 될 정도로 닮았다.

昌洙白

家門不幸 仲弟 監司 奄忽喪逝 於千里關北之外

病未能胗視 斂不得躬親 只見搖搖丹旌 自北而來 孑孑諸孤 隨櫬

而至

[illegible]

昌洙白家門不幸仲弟監司奄忽長逝於千里關北之外
病未能眄視欲不得躬親只見搖搖丹旐自北而來子子諸
孤隨櫬而至豈謂今日吾弟先我而死使我抱此無涯之
慽耶天耶人耶氣數之所致耶撫躬撼惜寧欲溘然[illegible]
可得也噫仲弟之赴燕也謂 今之赴燕也謂仲弟按節北藩欣
悅而行今仲弟已入地中而不可得見矣況又此身忽經危
禍入此海島者亦豈非千萬夢寐之外哉天下萬事之不
可知者有如此矣天乎天乎此何事哉伏蒙
尊慈特賜
覆問所以悼死而傷生者無復餘蘊而痛絶戒語出於至
誠哀感之至無任下誠昌洙重蒙
天恩得保性命[illegible]此海島隨分飲啄而未由
而訴[illegible]增哽塞 繼承來教多是平日曾所[illegible]於
執事者也今又教覽則姑捨義理以利害言之而所謂利害
為非甚大者而只[illegible]其山者而言之者也此不必多言請以
來教中語復之 來教曰士長平居口絶不言金摩[illegible]
心内常結隱痛悲惻之心北關按臬值此大殺之歲但有
赤手事不得[illegible]志者為臧敗之累耶噫此言誠
為有理矣而知其[illegible]之慮其臧敗之氣則何乃撓其
疏事而撓其北行耶此身之初成疏事者摩音由我而死
為業由我而不伸一陳[illegible]命酬酢之事因明之業不伸之
義則亦摩音寃死者想必[illegible]之中而[illegible]業欲疏而
未成欲[illegible]而未究終至齋恨而殁目應不瞑於九原之下矣此
愚兄所以膽進其遺疏而至死不悔者也又曰兄之疏語以車上
未之一見[illegible]所未敢說到之語也眞是不可無之文字而其實則士長在時
以而初成耶[illegible]
無之文字而牽於利害極力撓此者豈朋友相愛之道哉[illegible]
姓字不同而情則兄弟欲其趨吉而避凶遠害而免患此兄
弟當然之義也[illegible]大禍其忍[illegible]
言乎此天理人情之所當然也[illegible]兄弟欲其趨吉而避凶姓同
之兄弟今乃反是未此何故也豈所謂吉所謂凶者有不同而然
耶 令則以士長之浮沈世路[illegible]

[illegible]

壬戌五月十九日
戚從弟[illegible]
昌洙

민창수의 간찰

豈謂今日吾弟 先我而死 使我抱此無涯之憾耶
天耶 人耶 氣數之所致耶
撫躬慟惜 寧欲溘然 而不可得也

噫 仲弟之赴燕也 謂令多病 憂念而去 令能無恙繼其後車
令之赴燕也 謂仲弟按節北藩 欣悅而行
今仲弟已入地中 而不可得見矣 況 又此身 忽經危禍 入此海島者
亦豈非千千萬萬 夢寐之外哉
天下萬事之 不可知者 如此矣
天乎 天乎 此何事哉

伏蒙尊慈特慰問 所以悼死而傷生者 無復餘蘊
而滿紙戒語 出於至誠 哀感之至 無任下誠
昌洙 幸蒙天恩 得保性命 蟄伏海島 隨分飮啄 而末有面訴 徒增哽塞
縷縷來教 多是平日曾所飽聞 於執事者也
今又敬覽 則姑捨義理 以利害言之
而所謂利害 亦非其大者 而只就其小者 而言之者也 此不必多言
請以來教中語復之
來教曰 士長平居 口雖不言 金厚吾之死 心內常結 隱痛非惻之心
北關按臬 値此大殺之歲 但有赤手 事不徯志 無惑爲臧敗元氣之祟耶
噫 此言誠亦有理矣 苟知其如此

而至慮其臧敗元氣 則何乃挽止其疏事 而不挽其北行耶

此身之勸成 疏事者 厚吾由我而死 凶案由我而不伸
一陳顯命 酬酌之事 因明凶案 不可不伸之義理 則如厚吾 寃死者
想必感泣 於冥冥之中 而至於北轅之行 欲挽而終不得矣
今渠欲疏而未成 欲賑而未究 終至齎恨而歿 目應不瞑 於九原之下矣
此愚兄 所以謄進 其遺疏 而至死不悔者也

又曰 兄之疏語 公車上 所未敢說到之語也
眞是不可無之文字 而其實 則士長在時 未之一見
噫 其時 令若見之 而知其爲不可無之文字 則或不挽止 而勸成耶
其時 雖未見之 想必聞指意之大略
知其爲不可無之文字 而牽於利害 極力挽止者
豈朋友相愛之道哉

又曰 姓字不同 而情則兄弟 欲其趍吉而避凶 遠害而免患
此兄弟當然之義也
知其無益 而嬰觸大禍 其心安乎 否乎
噫 旨哉 言乎 此天理人情之所當然也
然 姓不同兄弟 欲其趍吉而避凶 姓同之兄弟 今乃反是者 此何故也
豈所謂吉 所謂凶者 各有不同 而然耶

令則 以士長之浮沈世路 官位日高 惡人同朝 不以爲嫌 不殫逢…

吉也

令則 以士長明義理 正是非爲已任 斥邪黨進君子 爲主宰極言竭論

頻遭顚沛爲凶 而愚則以爲非凶也

令之所謂凶者 愚必謂吉 而雖以此 威刑誅殛 芳名必傳於後世

此向之所謂利之大者 而實所甘心者也

令之所謂吉者 愚必謂凶 而雖以此 萬鍾富貴 君子必唾於其面

此向之所謂利之小者 而實所(不)願者也

又曰 文忠 文貞 言論風旨 孝廟崇扶故耳

趾齋兄弟 纘承遺矩 肅廟在上故耳

老峯以後 貽厥之謨 豈非可承

而慶州府君 監司府君 仁善畏愼之法 獨非賢孫 可以遵奉者乎

噫 此言誠至當之論也

然 令曾不知 文忠 文貞之言論風旨

由於慶州 監司府君 敎導之有方也

惟我慶州府君 當光海之時 曾不得出入三司 晩除承宣 亦遭彈論處

義嚴(不)苟仕宦 擧此一端 可以揣知

監司府君 亦於宦路抹殺 而其於朝端 不與尹善道酬答者 有所正

氣故也

文忠 文貞之得除孝廟 眞 千載一時 先府君 兄弟又値 肅廟之世者

何可易言哉

然 文忠 文貞 曁 我先府君兄弟 亦嘗頻遭 顚沛之患

君子以直道而行也 則自不得不然 況此末世 何敢望 平步雲霄哉

使我文忠文貞 當兩祖之時 則必得仁善畏愼之名

使我兩祖 當文忠文貞之世 則其所言論風旨 必有不可勝言者矣

在今 子孫之列者 當知先祖心法之如何 以不可學可 以可學不可

隨時處義 各盡其方 則 可謂善繼善述者也

顧今時勢 正所以軆 兩祖仁善畏愼之法 而特以累世卿相 爲國肺腑

一登科名 不問才智 淸要榮顯 不求自至

若苦辭力避 斂跡引退 則庶可以守 兩祖之遺法也

不然 而一出榮途 則當此之時 處身 豈不難哉

以此之故 士長燕行之未返也 以書勗之於中路

曰 極論前事 上策也 謝官歸田 下策也

長之答書謂 從上策 入京之後 旣不從上策 亦不○下策

終未免爲死於爵祿之人 此愚兄 所以慨惜痛恨 謄進遺跡 以明其

心事者也

又曰 兄亦知 其終遭鞫問之擧 則必不爲矣

噫 此言誠亦然矣 苟非宗社存亡 決於呼吸者

出位之人 知其必鞫 誰肯爲之

此事 則前夏 仲弟欲疏時 多以鞫擧威脅 而挽止鄙意

必知其不然 渠旣動心 不…

今春之欲疏也 又以鞫擧威脅之 以事勢推之 必無是理 以時論觀之 不無其慮

中間欲爲姑寢 仲弟葬後 更欲商量 不幸先泄大播 至於闕內 下人亦皆知之 而傳說於彼此 卿士之家 到此地頭 不暇他顧遂卽

豈疏終至此境 莫非天數 尙誰咎哉

然 因此 而先志畢暴 仲弟心事 自明而播之遠近 人皆得以知 其爲眞箇義理 則將有辭於天下後世 而惟我聖明 亦豈無他日 感悟之端哉

以此言之 一身之一時危禍 恐不足卹

向令所謂凶者 今或反爲吉祥善事耶

玆感奉戒之至意 悉暴胷中之所蘊 豈敢有嗔怍之意

盖出於相愛之篤也 幸望恕諒焉

胡椒依領珍幸

餘萬不宣 謹狀

_ 壬戌 五月 十九日 戚從 朞服 纍人 昌洙 狀上

창수가 아뢲니다.

가문이 불행해 둘째 아우 감사가 관북 천 리 밖에서 갑자기 세상을 떠나니[102] 병이 걸렸을 때는 찾아가보지 못하고 염습하는 것도 지켜보지 못한 채 붉은 만장을 펄럭이며 관을 따라 북으로부터 내려온 혈혈 애비 없는 자식들을 바라만 봐야 했으니, 오늘날 나의 아우가 나를 두고 먼저 죽어, 나로 하여금 이렇게 끝없는 아픔을 느끼게 했으니 무슨 말을 어떻게 할 수 있겠습니까?
하늘인가요? 사람 탓인가요? 타고난 운명의 소치인가요?
이 쓰라린 슬픔과 설움을 견딜 수 없어 차라리 이대로 죽고 싶지만 그러지도 못하고 있습니다.

아, 둘째 아우가 연경에 갈 때, '많은 병과 근심을 안고 가지만 그대는 건강하게 그 수레 뒤를 이을 수 있겠다'고 그대에게 말했고, 그대가 연경에 가면서 둘째 아우에게 '함경도관찰사를 맡았으니 기쁘게 떠나라'고 말했다 하는데, 지금 둘째 아우는 땅에 묻혀 볼 수 없고 이 몸도 갑자기 화를 당해 이 섬에 귀양살이 왔으니 이 또한 천번만번 꿈속에서라도 생각이나 했겠습니까?
천하만사에 알 수 없는 것이 이와 같으니, 하늘이시여, 하늘이시여. 이 무슨 일입니까?
그대께서 각별히 위문의 글을 보내주셔서 죽은 이와 살아서 상처받은 이들을 애도하시니 더 무슨 말을 하겠습니까. 편지에 가득 담긴 경계의 말씀은 지극한 정성에서 나온 것이니 깊은 슬픔과 감사에 어찌할 바를 모르겠습니다.

저는 임금님의 은혜로 목숨을 보존하고 외딴 섬에 엎드려 분수에 맞게 먹고 마시고 살지만 만나서 하소연할 일이 없으니 괜히 목이 멥니다.
누누이 하신 말씀은 평소 일찍이 그대로부터 넘치도록 들어왔던 것이지만 지금 다시 읽어보니 의리는 고사하고 이해(利害)로 하신 것이고, 이해라고 하는 것은 그리 대단한 것은 못되며 단지 작은 것을 좇아 말한 것에 불과하므로 굳이 여러 말할 필요조차도 없습니다.
말씀하신 내용을 다시 살펴보니 '사장(士長)이 평소에 입으로는 말하지 않았지만, 김후오[103]의 죽음에 대해 남모를 애통함과 측은함을 항상 마음에 품고 있었고, 크게 흉년이 든 해에 함경도관찰사를 맡아 단지 맨손만으로는 임금님의 뜻에 부응[104]하지 못했으니 이것이 원기를 해친 원인이 되지 않았겠는가'라고 했습니다.
아, 이 말이 정말 일리가 있습니다. 그러한 사정을 알고 또 그것이 원기를 해치게 될 줄 알았더라면 어찌하여 그 상소하는 일은 막으면서도 북행은 만류하지 못했겠습니까?

이 몸이 권하여 만든 상소문으로 후오는 나 때문에 죽었고 흉안[105]은 나로 인하여 펼치지 못했습니다. 조현명에게 가서 말한 것은 그에게 흉안을 분명히 하여 의리를 밝히지 않을 수 없기 때문이었으니 후오처럼 원통하게 죽은 사람은 아득한 저승에서나마 감격의 눈물을 흘릴 것입니다. 그러나 북으로 가야 할 때에 이르러 만류하고 싫었으나 끝내 그러지 못했습니다.

지금 그는 상소하려던 것을 마무리하지 못했고 백성을 진휼하려고 했으나 그러지도 못한 채 마침내 한을 품고 죽었으니, 당연히 눈도 감지 못하고 황천길로 갔습니다. 이에 이 어리석은 형은 그가 남긴 상소문을 베껴왔으니 이로써 죽음에 이르더라도 후회하지 않을 것입니다.

또 쓰기를, '형의 상소문은 공식적으로는 감히 말도 꺼내지 못하는 것이며, 정말 없어서는 안 될 글이지만, 사실 사장이 살아 있을 때는 한 번도 본 적이 없다'고 했습니다.

아, 그때 그대가 만약에 그것을 보았고 그것이 없어서는 안 될 글이라는 것을 알았다면 혹시라도 말리지 않고 쓰도록 권했을까요. 그때 비록 보지 않았다고 해도 그 뜻과 의도를 대략 들었을 것인데, 그것이 없어서는 안 될 글이라는 것을 알았더라도 이해관계에 이끌려 극구 만류했을 것이라고 생각합니다. 이 어찌 친구 사이에 서로 사랑하는 도리이겠습니까?

또 일컫기를 '성은 달라도 정으로는 형제 못지않으니 그가 길한 일을 좇고 흉한 일은 피하며 해를 멀리하여 우환을 면하게 하고 싶은 것이 형제의 마땅한 의리입니다. 이익이 되지 않는 것을 알면서도 큰 재앙에 다가가면 그 마음이 편할까요, 그렇지 않을까요?' 했습니다.

아, 아름답구나, 그 말씀이여. 이것은 하늘의 이치이며 인정의 당연함입니다.

그러나 성이 다른 형제는 그가 길한 일을 좇고 흉한 일은 피하길 원하지만 성이 같은 형제는 이제 이와 반대로 하니 이 무슨 까닭이겠습니까? 어찌 길한 것, 흉한 것에도 서로 다름이 있어서 그런 것입니까?

그대는 사장이 세상길에 부침함으로써 관직이 날로 올라가고 악인과 같이 조정에 서는 것을 부끄러워하지 않으며 끊이지 않고 … 나는 이를 길한 것으로 생각하지 않습니다.

그대는 사장이 의리를 밝힘으로써 시비를 바로잡는 일을 임무로 삼아 사악한 붕당을 몰아내고 군자의 길로 나아가 극언과 갈론을 이끌면서 자주 넘어지고 자빠졌으니 이를 흉한 일이라고 했으나 나는 이를 흉한 일로 여기지 않습니다.

그대가 소위 흉하다는 일을 나는 반드시 길한 일로 여기니, 이 때문에 위력과 형벌에 의해 죽음에 이르더라도 아름다운 이름을 반드시 후세에 전하게 될 것입니다. 이것이 이전에 이른바 '이익의 큰 것[106]'이라고 한 것이니, 실로 마음으로 달게 받아야 하는 것입니다.

그대가 소위 길하다고 하는 일을 나는 반드시 흉한 일로 여기니 이로 인하여 고관대작의 녹봉[107]을 받는다 해도 군자는 그 얼굴에 침을 뱉을 것이 틀림없습니다. 이것이 이전에 이른바 '이익의 작은 것'이라고 한 것이니 실로 원하지 않는 것입니다.

또 말하기를 '문충, 문정[108]은 언론과 풍지[109]로 효종 때 높이 받들어졌고, 지재 형제[110]는 남은 법도를 계승해 숙종 때 윗자리에 올랐다. 노봉[111] 이후 자손에게 물려줄 계책을 어찌 전할 수 없겠는가마는, 유독 현명한 후손이 아니면 경주부군, 감사부군[112]의 인선외신지법(仁善畏愼之法)을 좇아 받들 수 있겠는가?' 했습니다.

아, 이 말은 참으로 지당한 말씀입니다. 그러나 그대는 문충, 문정의 언론풍지가 경주, 감사부군의 가르쳐 이끌어가는 방법에서 나온 것임을 알지 못했습니다.

우리 경주부군께서는 광해 시대에 일찍부터 삼사에 출입하지 않으셨고 늘그막에 승선에 제수되셨으나, 탄핵함에 있어서는 엄중한 의로움으로 벼슬살이에 구애받지 아니하셨으니 이 한 가지만 놓고 보더라도 헤아려 알 수 있을 것입니다.

감사부군 역시 벼슬길이 끊길지언정 조정에서 윤선도와는 말을 섞지도 않으셨으니 이는 바른 기운을 가지고 계셨기 때문이었습니다.

문충, 문정공께서 효종 조에 등용된 것은 정말 좀처럼 얻기 힘든 기회였으며, 선부군 형제[113]께서 다시 숙종의 시대를 만난 것도 어찌 쉽게 말할 수 있는 것이겠습니까?

그러나 문충, 문정공과 선부군 형제께서는 일찍이 넘어지고 자빠지는 환란을 자주 겪으셨으나 이는 군자의 '곧은 길로 세상에 나아가는' 도리로 그러지 않을 수 없었던 것입니다. 하물며 이 말세에 어떻게 감히 하늘 높이 오르기를 바랐겠습니까?

우리 문충, 문정공이 두 분 할아버지의 시대를 만나 오로지 인선외신의 명성을 얻었고, 우리 두 분 할아버지께서 문충, 문정의 세상을 만났을 때, 그 언론풍지는 반드시 말로 이루 다할 수 없을 정도였습니다.

오늘날 자손 반열에 있는 자는 선조의 심법이 어떠했는지 당연히 알아야 하지만 이는 배울 수 없어도 가능하며, 배울 수 있다고 해도 불가능한 것이니 때를 따라 의로움에 처해 그 방도를 다하면, 아름답게 이어 계승했다고 할 것입니다.

지금 시세를 살펴볼 때 두 분 할아버지의 인선외신의 법도를 체득해야 하니, 특히 오랜 세월 동안 경상[114] 지위에서 왕실의 친족이 되면 한번 과거로 등용된 다음에는 재주와 지혜를 불문하고 높은 벼슬과 중요한 직분으로 입신출세하지만, 이를 구하지 아니하고 스스로 사양해 애써 피하며, 자취를 감추어 벼슬자리를 물러날 수 있어야 두 분 할아버지께서 남기신 법도를 지킬 수 있는 것입니다.

그렇게 하지 않고서 한번 영달의 길로 나갔다가 이런 시대를 만나게 되면 처신하기가 얼마나 어려워지겠습니까?

이런 까닭에 사장이 연행에서 돌아오기 전, 도중에 글을 보내 이전 일을 철저하게 논하는 일은 상책이며, 벼슬을 내놓고 초야에 묻히는 일은 하책이라고 권면했습니다. 사장은 답서에서 상책을 따르겠다고 했으나 서울로 돌아온 후에는 상책도 하책도 따르지 않더니 마침내 벼슬아치로 죽음을 면치 못하니, 이 어리석은 형은 슬픔과 원통함을 이기지 못해 그가 남겨놓은 글을 베껴 와서 그의 심사를 밝히려는 것입니다.

또 '그것이 결국 국문을 초래할 것이라는 것을 형도 알았더라면 반드시 그렇게 하지 않았을 것'이라고 했는데, 아, 이 말도 또한 참으로 그렇습니다. 진실로 종사의 존망이 한순간에 결정되는 것이 아닐진대 지위를 벗어난 행동을 하는 사람이 그것이 필연적으로 국문으로 이어진다는 것을 알면 누가 이렇게 하겠습니까?

이 일은 지난여름 둘째 아우가 상소를 하려 할 때 국문의 위협으로 많은 사람이 그 뜻을 만류했습니다. 그렇지 않다는 것을 확실히 알고 그는 마음을 움직여….

이번 봄에 상소를 올리려고 할 때에도 또 국문의 위협이 있었습니다. 사세로 미루어 보면 결코 이러할 이치도 없지만, 시론으로 보면 염려가 없지 않으므로 중간에 잠정적으로 중지하고 둘째 아우의 장례를 끝내놓고 다시 생각하기로 했습니다.

불행스럽게도 먼저 새어나가 궐내에 파다하게 퍼져 아랫사람들조차 모두 다 알고 이를 여기저기 전하고 다니니, 벼슬살이를 하는 집안에서는 이런 처지에 이르게 되면 다른 일은 생각할 것도 없이 즉시 행해야만 하는 것입니다.

상소 문제가 어떻게 이 지경까지 오게 되었는지, 하늘의 운수가 아님이 없으니 어느 누구를 탓하겠습니까?

그러나 이로 인해 앞의 뜻이 완전히 드러나 둘째 아우의 심사가 저절로 밝혀져 먼 곳, 가까운 곳까지 퍼져서 사람들이 모두 알게 될 것이니 그것이 참된 의리인 것이며, 장차 천하 후세에 찬사가 있게 될 텐데 어찌 우리 임금께서 후일에 알아주시지 않겠습니까?

이렇게 말을 한다고 이 한 몸에 일시적으로 화가 닥친다고 하더라도 근심할 것도 없습니다.

지난번 그대가 소위 흉한 일이라고 한 것이 지금은 혹시 오히려 길하고 상서로운 좋은 일이 될 수도 있지 않겠습니까?

이에 조심하라고 말씀하신 지극한 뜻에 감사하며, 가슴속에 쌓인 생각을 다 털어놓았으니 어찌 감히 비난할 마음으로 이렇게 하겠습니까?

이 모두가 서로 아끼는 마음이 돈독해 하는 말이니 헤아려주시기 바랍니다.

보내주신 후추는 귀하게 받았습니다.

할 말은 많으나 이만 줄이며 삼가 이 글을 올립니다.

__ 1742년 5월 19일 척종[115] 상중에 누인 창수 올림

민형수(閔亨洙, 1690~1741)

민형수의 자는 사장(士長), 진원의 아들이다. 1719년 사마시에 합격하고, 1725년 증광문과에 병과로 급제한 후 설서(說書), 검열(檢閱), 봉교

(奉敎) 등을 거쳐 도승지, 대사간, 예조참판, 함경도관찰사를 지냈다. 강경 노론 세력으로 영조의 탕평책과 어긋나게 행동함으로써 파란을 많이 당했다. 1740년 동지부사로 청나라에 다녀왔으며, 함경도관찰사로 재임 중 임지에서 괴한에게 장살되었다.

정미환국 이후 노론의 거두인 아버지 민진원이 밀려나고 소론인 이광좌(李光佐)가 좌의정이 되자 상소를 올려 그를 물리치려고 애썼으며 1729년, 1733년, 1739년 세 차례에 걸쳐 끈질기게 이광좌를 소척(疏斥)해 아버지를 신원(伸寃)하려다가 유배 생활을 하기도 했다.

東萊 府使 座前 __

省式言

三朔旱炎 挽古所無 未知南土亦然 而此時政履 若何 戀溯益悠悠

心制人 頑然猶保 而惟以侍奉 粗安○○耳

仍白 輿大 意外遭母喪 千里奔赴 不但景象(不佳 於)前頭 營葬諸節

萬無拮据之望

思欲一陳哀情 於令座之下 祈垂顧恤之恩 要余一書先容

玆以避煩聞 其須俯諒 而另念焉

餘不宣 謹拜狀上

__ 壬子 六月 二十八日 戚弟 心制人 閔亨洙 狀上

동래부사[116]께 __

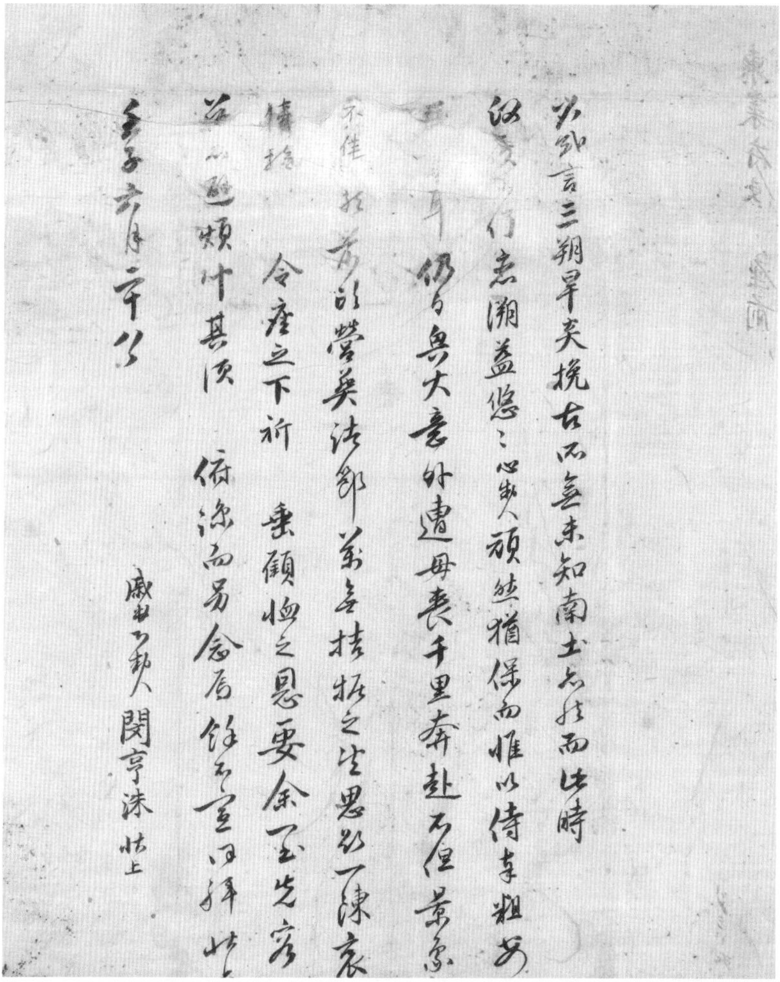

민형수의 간찰

생식 언

석 달 동안의 가뭄과 무더위는 이전에 없던 일인데 남쪽 지방은 어떤지 모르겠습니다. 요즈음 정무를 보시며 잘 계시는지 그리운 마음만 아득합니다. 저는 모진 목숨 이어가며, 그저 부모님 모시고 그럭저럭 지내고 있습니다.

드릴 말씀은 홍대가 의외의 상을 당해 천릿길이 분주한데 그 모습이 좋지 않을뿐더러 앞으로 감영에서 장례를 치를 것이나 잘 치르게 될 가망도 없습니다.

영감께 슬픈 사정을 아뢰어 불쌍히 여겨 도와주시기 바라는 마음으로, 저에게 먼저 편지를 부탁했습니다.

이에 이렇게 번거롭게 여기지 않도록 말씀드리니, 반드시 헤아리시고 특별히 유념해주시기 바랍니다.

이만 줄이며, 삼가 글을 올립니다.

— 1732년 6월 28일 척제[117] 심제인[118] 민형수 올림

민백순(閔百順, 1711~1774)

민백순의 자는 순지(順之), 민창수의 아들이다. 1741년(영조 17) 식년시에서 생원시에 합격했으며, 같은 해에 식년시 진사 3등으로 합격했다. 금산(金山)군수, 연안부사, 양주목사, 승지 등을 역임했다. 1761년(영조 37년) 금산군수 재임 시절, 1755년(영조 31년)에 우계 성혼과

율곡 이이를 모욕하는 것을 금하게 한 법을 어긴 사람들을 제대로 다스리지 못한 죄를 물어 조처(措處)되었으며, 1764년(영조 40년) 황해도의 연안부사에 제수되자 예전 도신(道臣)과 서로 미워하고 원망하는 사이임을 들어 연안부사로 나아가지 않았다가 연안으로 유배되었다. 편찬서로 『대동시선(大東詩選)』이 있다.

省式

卽拜惠狀 凭審服履 起居萬安 區區不任慰仰

送來哀辭 體裁雅潔 稱詡的當 奉讀流涕 不勝哀感之至

謹當一陳筵几 藏之篋笥 以待遺孤之長成 而傳紙也

弟 親癠閱月沈重 焦煎何可狀

餘不宣 謹狀上

_ 丙子 至月 十九日 服人 閔百順 頓

생식

보내주신 글로 상중에 평안하심을 알게 되니 무척 위로가 됩니다.

애도의 글을 읽어보니 형식과 서체가 우아하고 깔끔한 데다 칭송하는 표현도 적절했습니다. 읽으면서 눈물이 앞을 가려 지극한 슬픔을 억누를 수 없었습니다.

삼가 연궤[119]를 차리고 상자에 고이 넣어 보관해, 남겨진 아들이 장성할 때를 기다려 전해주려고 합니다.

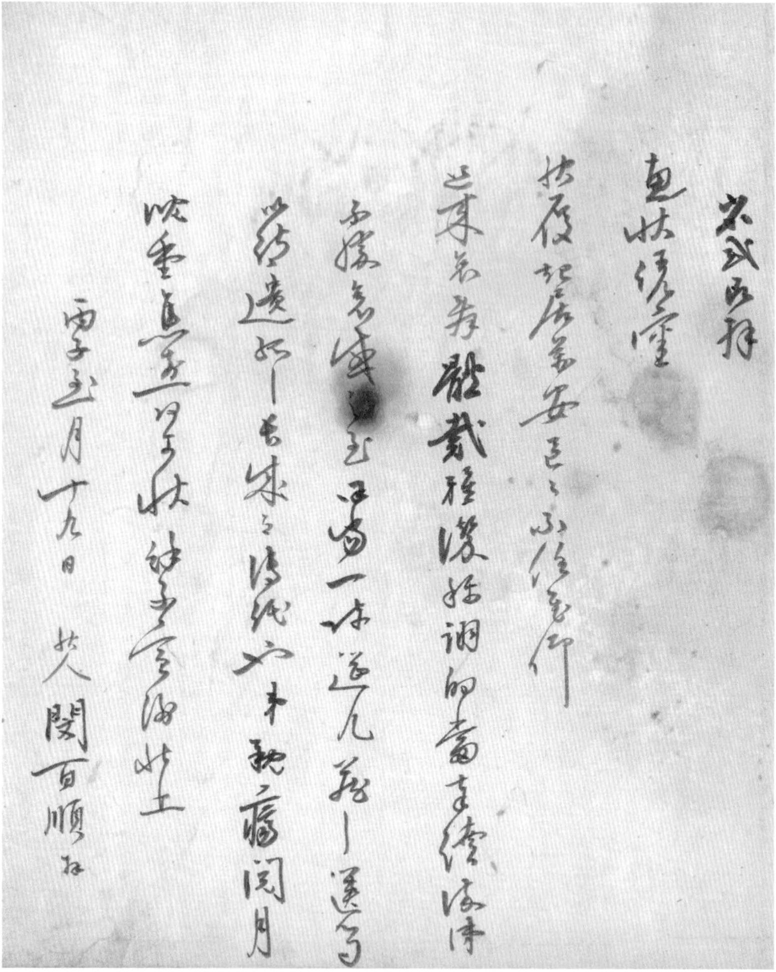

민백순의 간찰

저는 아버지의 병이 한 달 내내 깊어져 걱정을 이루 말로 다 못 할 지경입니다.

이만 줄이며 삼가 글을 올립니다.

— 1756년 11월 19일 상중에 민백순 올림

양주 조씨 楊洲 趙氏

조사석(趙師錫, 1632~1693)

조사석의 자는 공거(公擧), 호는 만회(晩悔)·만휴(晩休)·향산(香山)·나계(蘿溪)이다.

형조판서 조계원(趙啓遠)의 아들로, 인조의 계비인 장렬왕후 조 씨, 즉 자의대비와는 사촌지간이고 김만중(金萬重)과의 싸움 때문에 유명해졌다.

1660년 진사가 되고, 1662년 증광문과에 을과로 급제해 주서 등을 거쳐 1664년 검열, 봉교, 이조정랑으로 승진했다. 1667년 사관으로 재임 중 왕이 사초(史草)에 기록하지 말라는 명을 소신을 내세워 거절해 파직당한 적도 있으나 곧 복직되었다. 수원부사를 거쳐 황해, 강원, 경기도 등의 관찰사를 역임한 후 예조판서, 이조판서를 거쳐 우의정에 이르렀다.

숙종이 김수항과 이단하에게 복상(卜相)을 명한 적이 있었다. 복상은 정승이 될 인물을 추천하는 것이다. 이에 두 사람이 몇 사람을 추천했으나 왕이 이미 마음속으로 조사석을 원하고 있었으므로 할 수 없이 이들이 조사석을 추천해 우의정이 되었다. 이후 김만중이 이 일의 옳고 그름을 계속해 따지면서 결국 유배까지 당했다. 시중에는 장희빈의 어머니가 조사석 집안의 여종이었다는 점과 조사석과 이 여인이 사귀는 사이라는 소리가 끊이질 않았다. 장희빈 어머니와 휩싸인 오랜 연문(戀聞)을 김만중이 왕에게 알렸으나 도리어 김만중만 처벌받았다.

1688년 좌의정으로 인조의 손자 동평군(東平君) 항(杭)의 횡포를 논하다가 처벌된 박세채, 남구만을 변호해 왕의 노여움을 사게 되자 병을 핑계로 사직했으며, 이듬해 영돈령부사(領敦寧府事)에 제수되었으나, 1690년 동궁책봉하례에 참석하지 않은 죄로 고성(固城)에 유배되어 배소에서 죽었다.

令前 謝上狀

統營 侍下史 __

連承惠札 慰感可言

生 扶病供劇 勞瘁可悶 奈何

碧魚 二冬音 依領多謝

不宣 謝上狀

__ 丙 臘 初八 師錫

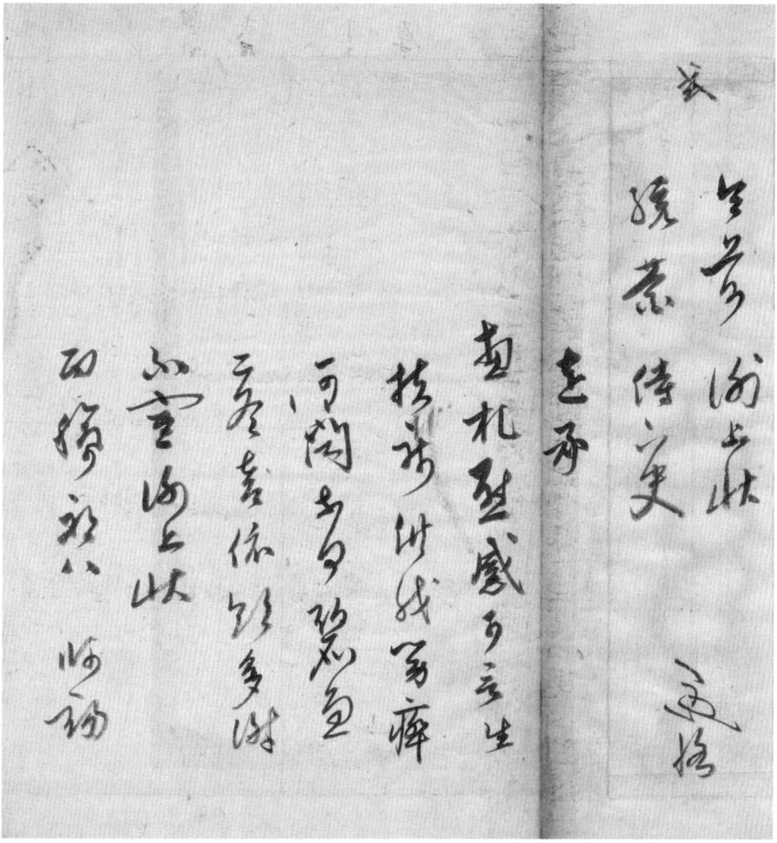

조사석의 간찰

영감께 올리는 답장

통영 시하사[120] __

거듭 편지를 주셔서 위로와 감사가 넘칩니다.

저는 병든 몸으로 공무에 시달려 몸이 많이 상해 걱정입니다.

청어 두 두름은 무척 고맙게 잘 받았습니다.

이만 줄이며, 답장에 대합니다.

__ 병년 12월 8일 사석

조가석(趙嘉錫, 1634~1681)

조가석의 자는 여길(汝吉), 호는 태촌(苔村)으로 조사석의 아우이다. 1660년 사마시에 합격하고 같은 해에 증광문과에 을과로 급제해, 주서, 대교, 봉교를 거쳐 정언이 되었다.

1674년 장령(掌令)에 제수되자 만언소(萬言疏)를 올려 남인을 논핵했으며, 1677년 장악원정으로 송시열과 김수항의 신구(伸救)를 상소한 것이 사당(私黨)을 옹호한다고 해 삭직되었다.

1680년 경신대출척으로 서인이 등용되자 판결사로 기용되고, 이어 동부승지, 우부승지를 거쳐 형조, 예조, 병조, 호조의 참의를 지냈다.

近久未聞消息 伏未審此時氣體若何 伏溯伏溯

老同婚事 行於何間耶 未知已發 向養一家耶

仲氏遷奉隔宵 遙想殞涕而已

弟 妻病 今幸得差 而尚未免床席 醫藥甚不一 決非久居之地也

京耗近有何奇耶

楊州端午祭物 今送上 全義祭物 朝已發送矣

京信斷絶 而浹兩旬 菀不可言也

旱災孔慘 兩麥已無可望

畓谷亦多未時種 雖或立苗 今番下雪降霜 太半枯損 民事罔極也

餘忙不備 謹上書

_ 四月 十八日 弟 嘉錫 上書

三老書 送上

근래 오래 소식을 듣지 못했습니다. 요즈음 기체가 평안하신지요. 무척 그립습니다.

노동의 혼사는 언제 치르는지요? 이미 가서 한 집안을 부양하고 있을지 모르겠습니다.

중씨의 친봉[121]이 하룻밤 남았는데 멀리서 생각하니 눈물만 흐를 뿐입니다.

제 처의 병은 다행히 차도가 있으나 아직은 병상을 벗어나지 못했습니다. 병세가 매우 들쭉날쭉하나 결코 오래 지속되지는 않을 것입니다.

서울 소식은 요즈음 특별한 것이 있습니까?

조가석의 간찰

양주 단오 제물은 지금 올려보내고 전의의 제물은 아침에 이미 보냈습니다.
서울과 소식이 끊어진 지는 20일이나 지나 무어라 말할 수 없이 서운합니다.
가뭄 폐해는 무척 참혹해 보리와 밀은 이미 가망이 없고, 논 골짜기 역시 시기에 맞춰 종자를 뿌리지 못한 곳이 많습니다. 설령 모내기를 했다 하더라도 이번에는 눈이 오고 서리가 내려 태반이 말라 죽고 말았으니, 농사가 망극한 지경에 이르렀습니다.
나머지 사연은 바빠서 다 쓰지 못하고 삼가 글을 올립니다.
— 4월 18일 가석 올림

삼로[122]의 글을 올려보냅니다.

조태구(趙泰耈, 1660~1723)

자는 덕수(德叟), 호는 소헌(素軒)·하곡(霞谷)으로 조사석의 아들이다. 1683년 생원이 되고, 1686년 별시문과에 종형 태채(泰采)와 함께 병과로 급제했다. 설서(說書), 문학(文學), 승지 등을 거쳐 1702년 충청도 관찰사, 1705년 형조참의, 대사성이 되었다. 이후 부제학, 호조판서를 거쳐 1710년 동지사로 청나라에 다녀온 후 우참찬이 되고, 1720년에는 우의정이 되었다.

1721년 노론 4대신의 주청으로 연잉군이 세제로 책봉되고, 곧이어 대리청정을 실시하려 하자 소론의 영수로서 최석항(崔錫恒), 이광좌 등과 함께 이를 반대해 철회시켰다.

이어 김일경(金一鏡) 등으로 하여금 노론 4대신을 역모 죄로 몰아 사사하게 한 뒤 영의정에 올랐으나, 1725년 노론의 재집권 때 신임사화의 원흉으로 탄핵을 받고 관작이 추탈되었다.

글씨를 잘 썼으며 산법(算法)에 관계되는 책을 펴냈는데 이는 양전(量田) 등에 사용하기 위한 것이었다. 편저로는 『주서관견(籌書管見)』이 있고, 이충무공고하도유허비(李忠武公高下島遺墟碑) 등 글씨가 다수 전한다.

旱熱此酷 伏惟政履萬安 仰慰仰慰

弟 爲行節祀 受由下來 中路飮暑 伏枕涔涔之中

意外有西臬新命 不才冥升 滿溢可戒 危懼不可言

就中 庶従在洪州之需矣 監司題兄 何所慳惜 而不使之題

吾兩家情誼 豈可使此輩緣死 而不之恤耶

須依營題 某様爲中出給 如何如何

渠方進去 招見款接 亦如何

旬後當復路 無由奉展 瞻歎瞻歎

不宣

_ 丙戌 端陽 服弟 泰耉

조태구의 간찰

가뭄더위가 이토록 혹독한데 정무를 보시며 잘 계실 것이라 생각되니 위로가 그지없습니다.

저는 절사[123]를 지내기 위해 휴가를 내 내려오던 중 더위를 먹어 병석에서 신음하고 있습니다만, 뜻하지 않게 서얼(西臬, 평안도관찰사)[124]로 임명되니 못난 재주에 어울리지 않는 높은 자리여서[125] 분에 넘침이 조심스럽고 또 두렵기 그지없습니다.

드릴 말씀은 홍주에 사는 제 서종의 생계에 대한 일입니다.

감사가 형께 글을 올려 어떻게 섭섭하게 하겠느냐 했다지만 조치는 취하지 않고 있습니다.

우리 두 집안의 두터운 정의를 볼 때 어찌 이들의 목숨이 걸린 일인데 구휼하지 않겠습니까.

반드시 감영의 처결에 따라 경우에 맞게 내어주시기 바랍니다.

지금 그가 그리 간다 하니 한번 불러 따뜻하게 맞아주시면 좋겠습니다.

저는 열흘 후 돌아갈 예정이어서 만나 회포 풀 길 없으니 한탄스러울 뿐입니다.

이만 줄입니다.

— 1706년 단옷날 상중에 태구

조태억(趙泰億, 1675~1728)

자는 대년(大年), 호는 겸재(謙齋)·태록당(胎祿堂)으로 조가석의 아들이며, 영의정을 지냈던 최석정의 문인이다. 1693년 진사가 되고 1702년 식년문과에 을과로 급제, 정언 등을 역임하고, 이조정랑, 우부승지, 철원부사를 거쳐 1710년 대사성으로 통신사에 차출되어 일본에 다녀왔다. 이때의 기록이 같이 갔던 부사(副使) 임수간(任守幹)의 『동사일기(東槎日記)』로 전한다.

호조참판 때 세제 책봉과 대리청정을 반대해 철회시켰으며, 신임사화를 일으켜 노론을 거세하고, 이듬해 형조판서를 시작으로 공조, 호조의 판서로 대제학을 겸직했다. 영조 즉위 후 즉위 반교문(頒教文)을 지었고, 병조판서가 되었다가 출사 8일 만에 이조판서 이조(李肇)의 추천으로 우의정에 올랐으며, 이듬해 좌의정이 되었으나 노론 민진원 등의 논척으로 삭직되었다. 1727년 정미환국으로 재차 좌의정에 복직되었지만 이듬해 병으로 사직하고, 영돈령부사에 전임했다가, 1755년 나주벽서사건으로 인해 관작이 추탈되었다.

소론의 온건파에 속했던 그는 글씨와 그림에 무척 뛰어나 초서, 예서를 잘 썼으며, 영모도(翎毛圖)를 잘 그렸다. 문집에 『겸재집(謙齋集)』이 있다.

阻音許久 瞻係政深

金弁來 獲承惠字 從審近者凉序 政履起居 順時萬勝 慰荷交深

조태억의 간찰

服人 鎖直經月 日事勞擾 無況可言

惠送兩種海味 仰認情餉 亡任鳴謝

餘不宣 伏惟下照 謹拜狀上

__ 丙戌 八月 十一日 服人 趙泰億 頓

소식이 끊긴 지 오래되어 그리움만 깊은데

김변[126]이 전해준 편지를 받고 근래 서늘한 기후에 정무를 돌보시면서 때를 따라 잘 계심을 알게 되어 위로와 감사가 넘칩니다.

저는 쇄직[127]으로 달을 보내고 나니 하루하루가 힘들고 지쳐서 말할 겨를조차 없습니다.

보내주신 두 가지 해산물은 정이 듬뿍 담겨 못내 고맙게 받았습니다.

이만 줄입니다. 살펴주시기 바라며 글을 올립니다.

__ 1706년 8월 11일 상중에 조태억 올림

3
1689년 4월 25일

1689년 4월 25일 늦은 밤, 창덕궁 인정전(仁政殿) 앞마당에는 하염없이 비가 내리고 있었다. 이성을 잃은 임금의 분노는 어느덧 광기로 치달았다. 인현왕후 폐위가 부당하다는 상소문을 읽을 때부터 그의 감정은 통제 불능이었으며, 승지 이서우(李瑞雨, 1633~1709)가 받아 든 상소문은 이미 "진노한 임금이 손으로 쳐 찢겨" 있었다. 상소문은 박세당의 아들인 박태보가 썼고, 오두인과 이세화(李世華)가 상소문의 맨 앞줄에 이름을 올렸다.

임금은 이 상소를 '모반대역보다 심한' 일로 여겼고, 당장에 친국하지 않으면 '잠을 이루지 못해 큰 병이 될 것이라'고 부르짖으며 광분했다.

오두인은 66세의 늙은 몸으로 피와 살이 찢겨 문드러지는 장(杖)을 견디지 못하고, 단지 아프다고 비명만 지르다가 점점 말을 잃어갔다. 그는 임금의 막내 여동생의 시아버지였다.

이세화는 고통을 참지 못해 "신은 형신(刑訊)을 받을 필요 없이 바로 사지(死地)로 나가기를 원합니다" 하고 거듭 중얼거리다가 정신을 잃었다.

상소문을 짓고 쓴 박태보를 국문할 때 임금의 광기는 극에 달했다. 박태보는 암행어사를 나갔을 때 그보다 정직하고 백성을 사랑하는 이는 없을 것이라며 군민들이 칭송하고, 조정에선 그의 상소가 직언직필이고 치우침이 없다는 평판을 받아온 충신이었다.

박태보가 직언으로 항거하고 뜻을 조금도 굽히지 아니하자, 임금은 영의정 권대운(權大運, 1612~1699), 좌의정 목내선(睦來善, 1617~1704), 우의정 김덕원(金德遠, 1634~1704)이 거듭 만류하는데도 박태보를 "곧바로 머리를 베어야 마땅한 독물"이라며 법과 절차를 무시한 채 문초를 계속했다.

임금은 이미 여러 차례 엄형(嚴刑)을 받아 빈사 상태가 된 그에게 또다시 압슬(壓膝)을 가하고, 양다리와 넓적다리에 이르는 화락(火烙) 형벌을 가했다. 화락은 불에 달군 쇠로 살을 지지는 고문으로 난장(亂杖), 주리(周牢), 압슬 등과 함께 혹독한 고문에 해당했다. 이는 조선사회가 규범으로 삼았던 상전(常典)의 한계를 훨씬 넘어선 것이었다.

이날 밤에 대해 "임금의 노여움이 더할수록 박태보는 화평스러웠고, 고문이 혹독할수록 정신은 의연해 끝까지 조금도 굽히지 않았으며 도거(刀鉅)를 다반(茶盤)처럼 여겼다"고 『숙종실록』은 기록하고 있다. 1689년 4월 25일은 조선 왕조 역사상 조정에서 가장 참혹한 형벌이 가해진 슬프고 추한 하루로 남았다.

길고 잔혹한 그 밤이 지나고 오두인은 의주(義州)로 귀양 가는 길에 파주(坡州)에 이르러 죽었고, 박태보는 진도(珍島)로 귀양 가는 길에 노량진 사육신 묘 앞길에서 세상을 떠났다. 다만 이세화만 5년 후 홀로 살아 돌아와 6조의 판서를 역임하고, 지중추부사를 지내다가 인현왕후가 승하하기 하루 전에 죽었다.

왕은 그날 이후 곧바로 후회했고, 그를 위해 충절을 기리는 정려문을 세웠으며 영의정에 추증했다. 하지만 그게 무슨 소용이겠는가.

그날 밤 이후 석 달이 채 지나기도 전에 희빈 장 씨가 낳은 왕자의 세자 책봉에 반대해 유배 중이던 송시열도 여든셋 나이로 사약을 받고 정읍의 객사에서 쓸쓸히 죽었다. 그해 숙종의 나이는 28세였다.

해주 오씨 海州 吳氏

오두인(吳斗寅, 1624~1689)

오두인의 본관은 해주(海州), 자는 원징(元徵), 호는 양곡(陽谷)이다. 1648년(인조 26년) 진사시에 1등으로 합격하고, 이듬해 별시문과에 장원으로 급제해 벼슬길에 오른 재능이 뛰어난 인물이다. 경기도관찰사, 공조판서를 거쳐 1689년 형조판서로 재직 중 기사환국으로 서인이 실각하자 지의금부사(知義禁府事)에 세 번이나 임명되고도 나가지 아니해 삭직당했다.

이 해 5월에 인현왕후 민씨가 폐위되자 이세화, 박태보와 함께 이에 반대하는 소를 올려 국문을 받고 의주로 유배 도중 파주에서 죽었으며, 그해에 복관되었고 1694년 영의정에 추증되었다. 저서로는 『양곡집(陽谷集)』이 있다.

允迪兄 狀上

李執義 侍史 _

謹惟炎夏 仕履萬安 地遠音阻 徒切悵溯

弟頃遭女兒之喪 慘慘何忍言

歸意日急 而秋成尙遠 以此爲悶

荒年凡物 無處不乏 至於節扇 亦未免草草 歎如之何

餘望對時益吉

不宣伏惟下照 謹狀上

_ 辛六 初二日 服弟 斗寅 頓

윤적[128] 형께

이 집의 시사[129] _

삼가 이 더운 여름날에 관직을 수행하며 평안하시리라 생각하지

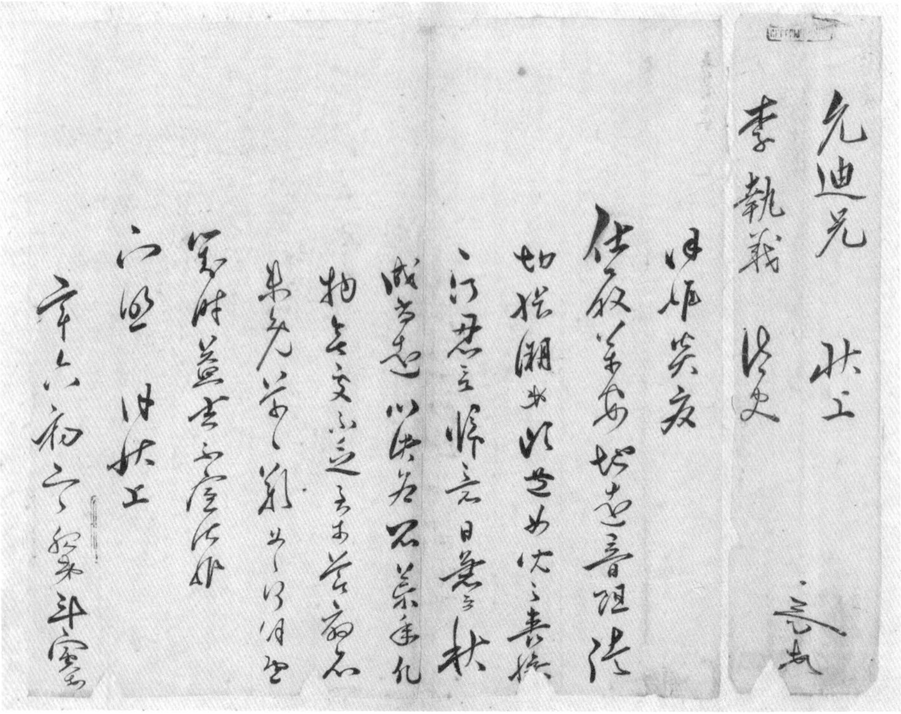

오두인의 간찰

만, 땅은 멀고 소식은 아득하니 속절없이 서글픈 마음으로 그리워 할 뿐입니다.

저는 접때 딸아이의 상을 당했습니다. 그 비참한 마음을 어찌 말로 다하겠습니까.

돌아가고 싶은 마음에 초조하기만 한데 추수할 날은 아직 많이 남아 걱정스럽습니다.

흉년이라 궁핍하지 않은 것이 없고, 심지어 부채조차 부족하기만 해 한숨이 절로 나지만 어쩔 도리가 없습니다.

그저 때를 따라 복이 더하시기만 빌 뿐입니다.

이만 줄입니다. 살펴주시기 바라며 삼가 글을 올립니다.

— 신년 6월 2일 상중에 두인 올림

오태주(吳泰周, 1668~1716)

본관은 해주(海州), 자는 도장(道長), 호는 취몽헌(醉夢軒)이다. 판서 오두인의 아들로 12세인 1679년(숙종 5년), 현종의 셋째 딸인 명안공주(明安公主)와 혼인해 해창위(海昌尉)에 봉해졌다.

1689년 아버지 오두인의 상소 사건으로 관작이 삭탈되었다가 얼마 뒤 왕명으로 직첩이 환급되기도 했다. 글씨를 잘 썼고 특히 예서에 능했으며 시문에도 탁월한 재주를 보여 숙종의 총애를 받았다.

向來連蒙枉顧 迨用依幸

便至伏承損札 慰瀉實深

第聞險道 驚撼不輕 起居違和 仰慮區區

周 粗保病劣 而從駕謁陵 墜馬傷脚 呻痛度日耳

下諒 拜謝上狀

惠送簡幅 銀唇 拜謝

_ 丁亥 八月 廿六日 世末 泰周 頓

지난번 거듭 왕림하신 일은 지금도 행복한 기억으로 남아 있는데

인편으로 보내주신 편지를 받고 보니 기쁘기 그지없습니다.

다만 험한 길에 너무 놀라고 힘드셔서 건강을 상하셨다 하니 걱정스럽기만 합니다.

저는 병들고 약해빠진 몸으로 그럭저럭 지내고 있습니다만, 임금 행차를 모시고 능참배를 다녀오는 길에 낙마로 다리를 다쳐 앓고 있습니다.

살펴주시기 바라며 답장을 올립니다.

보내주신 편지지와 은어는 고맙게 받았습니다.

_ 1707년 8월 26일 세말 태주 올림

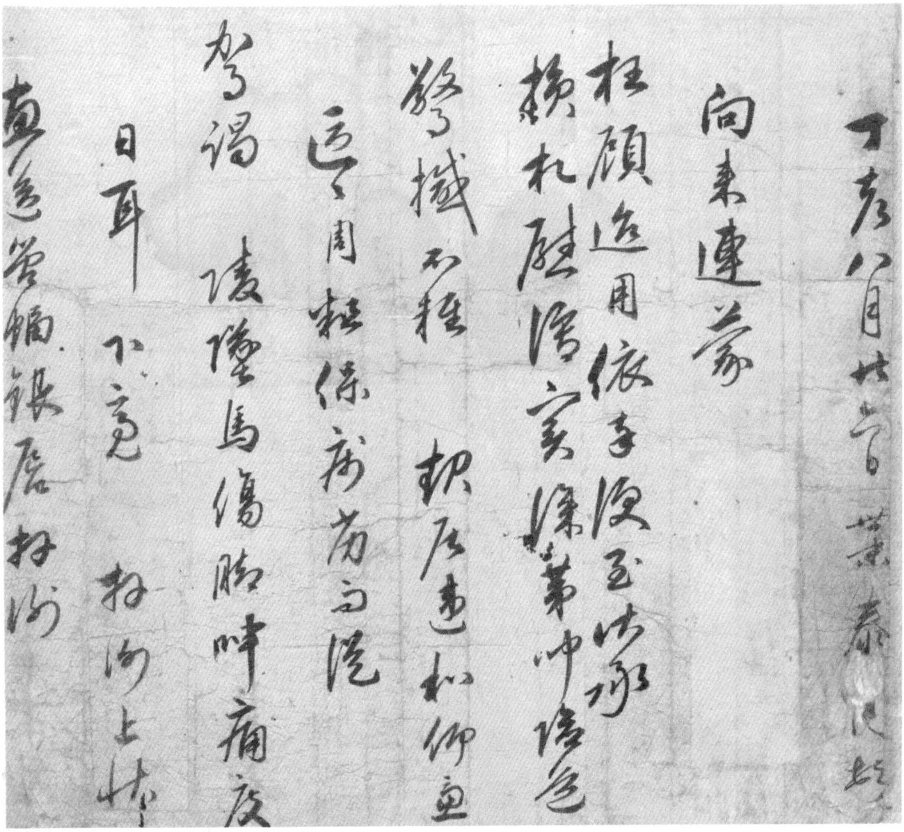

오태주의 간찰

반남 박씨 潘南 朴氏

박세견(朴世堅, 1619~1683)

박세견의 자는 중고(仲固), 호는 단애(湍厓), 이조참판을 지낸 박정(朴炡)의 아들이다. 1639년 진사시에 장원으로 급제했으며, 마전(麻田)군수로 재임 중 증광문과에 급제해 이듬해 직강(直講), 장령(掌令) 등을 제수받았다.

1667년에는 사간이 되고 여러 벼슬을 거쳐 1675년 좌승지가 되었다. 군읍을 다스릴 때 청렴해 백성들로부터 칭송을 들었으나 벼슬아치들에게서 중상모략을 많이 받았다.

아버지 박정은 18세에 사마시에 합격하고 두 아우를 가르쳐 모두 유명한 선비가 되었으므로 당시 사람들이 '송나라에는 부자(父子) 삼소(三蘇)가 있고 동국(東國)에는 형제(兄弟) 삼박(三朴: 박정, 박상, 박우)이 있다'고 칭송할 정도였다. 삼소는 송대의 유명한 학자 소순(蘇洵)과 그 아들 소식(蘇軾), 소철(蘇轍)이다. 박정의 문장이 아들에게 전해졌다는 평가를 들었다.

高颺青帘柳市天

晩來風雨問胡然

獨憐湖上烟波靜

萬事無心弄釣舡

박세견의 시

— 伏見 湖爺佳什 拜和以呈

朴世堅

파란 깃발[130] 나부끼는 유시[131]의 하늘 아래

저물녘 비바람에 안부를 묻노라

호수 위 물안개, 잠잠한 물결에 홀로 서글퍼

온갖 세상사 잊고 고깃배에 올랐네

— 호 어른[132]의 아름다운 시[133]에 화답해 짓다

박세견

박세당(朴世堂, 1629~1703)

자는 계긍(季肯), 호는 잠수(潛叟)·서계(西溪)·서계초수(西溪樵叟)이다. 11세에 둘째 형 박세견에게 수학했고, 14세부터 고모부인 정사무(鄭思武)에게 학문을 익혔다. 1660년 증광문과에 장원급제해 성균관전적에 제수되어 벼슬 생활을 시작했으며, 예조와 병조의 좌랑, 홍문관 교리, 함경북도 병마평사 등 내외직을 두루 역임했다. 1668년 서장관으로 청나라를 다녀온 후 붕당정치에 혐오를 느낀 나머지 관료 생활을 포기하고 양주 석천동으로 물러났다.

1686년 맏아들 태유(泰維)를 병으로 잃었고, 1689년 기사환국 때 둘째 아들 태보마저 인현왕후의 폐위를 반대하다가 혹독한 고문을 당

하고 유배가던 중 노량진에서 고문 후유증으로 세상을 떠나자, 여러 차례의 출사 권유에도 응하지 않고 석천동에서 농사지으며 학문 연구와 제자 양성에만 힘썼다. 그 뒤에도 공조판서, 대사헌, 한성부관윤, 예조판서, 이조판서 등 관직이 계속해서 내려왔지만 끝내 부임하지 않았다.

그는 당시 학자들이 꺼린 노장사상에 심취해 주자학적 고정관념에서 벗어나려는 학문적 시도를 함으로써 당시 정국을 주도하던 송시열의 노론에 의해 사문난적 낙인이 찍힌 채 배척되기도 했다.

저서로 『서계선생집(西溪先生集)』, 『사변록(思辨錄)』, 『신주도덕경(新註道德經)』, 『남화경주해산보(南華經註解刪補)』와 농서(農書) 『색경(穡經)』 등이 전한다.

世堂白

私門不幸 小子泰維 遽爾夭折 悲念酸苦 不自堪忍

伏蒙尊慈 特賜慰問 哀感之至 不任下誠

仲夏方熱 伏惟尊體萬福

世堂 幸免他苦 未由面訴 徒增哽塞

謹奉狀上謝 不備謹狀

_ 丙寅 五月 初二日 朞服人 朴世堂 狀上

閔 生員 座前

賻儀 伏受 悲感之至

世堂白私门不幸小子泰維遽爾夭折悲念
酸苦不自堪忍伏蒙
尊慈特賜
慰問哀感之至不任下誠仲夏方熱伏惟
尊體萬福 世堂幸免他苦未由
面訴徒增哽塞謹奉狀上謝不備謹狀
丙寅五月初二日 期服人朴世堂狀上
閔 生員 座前
賻儀伏受悲感之至

박세당의 간찰

세당이 아룁니다.

집안에 불행이 닥쳐 제 아들 태유가 어린 나이로 갑자기 세상을 떠나서 가슴 쓰라린 아픔을 견디기 힘든 이때, 그대께서 특별히 위로의 글을 보내 지극한 슬픔을 보여주시니 그 정성에 보답할 길 없습니다.

한여름 무더위에 몸 건강히 잘 계시겠지요.

저는 불행 중 다행으로 다른 어려움은 없습니다만 만나 하소연할 길 없어 그저 목이 멜 뿐입니다.

격식을 갖추지 못하고 삼가 답장을 올립니다.

—1686년[134] 5월 2일 상중에 박세당 올림

민 생원 앞

부의는 슬픔이 지극한 중에 잘 받았습니다.

박태보(朴泰輔, 1654~1689)

자는 사원(士元), 호는 정재(定齋). 박세당의 아들이다. 1677년 알성문과에 장원으로 급제해 부수찬, 교리, 이조좌랑, 호남의 암행어사 등을 역임했다.

1689년 기사환국 때 인현왕후의 폐위를 강력히 반대하는 상소를 올렸다가 심한 고문을 받고 진도[135]로 유배 도중 옥독(獄毒)으로 5월 5일 노량진 강가에서 죽었다. 저서로 『정재집(定齋集)』, 편서로는 『주서국편(周書國編)』이 있다.

竊聞 瓜期已迫 竚俟還轅之日

忽伏承令下札 憑審旱炎 巡體動靜萬福 區區仰慰之至

侍生 菫保劣狀 他何盡訴

下惠珍墨 依錄謹領 再荷盛貺 豈勝瞻謝

餘冀盛熱 還朝增祉 不備伏惟

令監下察 再拜 謝上狀

— 辛酉 五月 十日 侍生 朴泰輔 頓首

근무 기한[136]이 이미 다 되어 돌아올 날만 기다리신다고 들었는데, 갑자기 보내주신 편지를 받고 가뭄과 더위 속에서 관찰사 업무를 잘 수행하며 만복 누리심을 알게 되니 우러러 위로가 넘칩니다.

저는 보잘것없이 그럭저럭 지낸다는 것 밖에 달리 드릴 말씀이 없습니다.

귀한 먹은 보내주신 대로 삼가 잘 받았습니다.

거듭 성대하게 베풀어주심에 감사드리지만, 마음속 고마움을 어찌 다 표현할 수 있겠습니까.

무더위가 기승을 부리는 이때 조정으로 돌아오시는 길에 큰 복 깃드시기만 기원하며 이만 줄입니다.

영감께서 살펴주시기 바라며, 두 번 절하고 답장을 올립니다.

— 1681년 5월 10일 시생 박태보 올림

박태보의 간찰, 서귀포 소암기념관 소장

부평 이씨 富平 李氏

이세화(李世華, 1630~1701)

자는 군실(君實), 호는 쌍백당(雙栢堂) 또는 칠정(七井)이다. 1654년 효종 갑오년에 생원시에 합격하고, 1657년 문과에 급제해 벼슬길에 올랐다. 오두인, 박태보와 함께 인현왕후 폐비를 반대하는 소를 올려 심한 고문을 받고 귀양을 갔으나 오두인, 박태보는 귀양 가는 도중에 죽고 혼자 살아남아 돌아왔다.

이후 공조, 형조, 병조, 예조, 이조의 판서를 두루 역임하고 청백리로 녹선(錄選)되었으며, 지중추부사로 기로소에 들어갔다.

戀中得承惠札 仍審近日調況有相 仰慰且謝

疏草依到 何其引咎 若此之過耶

彼此皆是公公之所在 斧鉞亦不畏耳

批答已下 謄本貽上

石手 此處元無 在於定平云 故成送關文 傳致使用如何

久阻芝宇 且多相議事 而尙未揩靑 不堪鬱鬱 幸速賜惠枉

前敎册子 不忘于懷 而紙地甚乏 先刊南華經 一件以上

詩傳則從當圖之

餘不宣 伏惟下照 謹謝上狀

＿ 甲 三 十二日 世華 頓

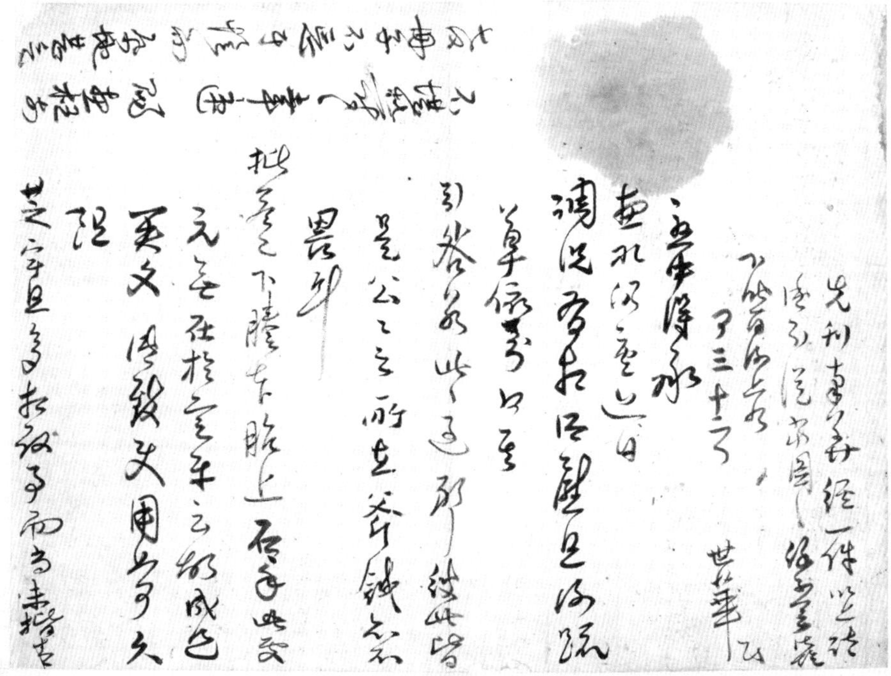

이세화의 간찰, 서귀포 소암기념관 소장

그리워하던 차에 보내주신 편지를 받고, 요즈음 몸을 잘 추스르고 계심을 알게 되니 우러러 위로와 감사가 됩니다.

보내주신 소초[137]를 보니, 어떻게 그것이 모두 마치 이쪽의 잘못인 것처럼 허물을 잡아 돌려세우는 것입니까?

피차 모든 일이 공적인 것이니, 형벌 역시 두려울 것도 없습니다.

비답은 이미 내려와서 베껴 올렸습니다.

석수는 원래부터 여기에는 없고 정평에 있다고 하니 관문[138]을 만들어 보내 쓰도록 하는 것이 어떻겠습니까.

오랫동안 지우[139]를 뵙지 못한 데다 상의할 일도 많은데 여태 만날 수 없으니[140] 우울한 마음을 견딜 수 없습니다.

부디 속히 왕림해주시기 바랍니다.

전에 말씀하신 책자는 잊지 않고 있으나 종이가 모자라 우선 먼저 『남화경』 한 건을 찍어 올리고, 이어 『시전』을 출간할 계획입니다.

이만 줄입니다.

살펴주시기 바라며 삼가 답장을 올립니다.

— 갑년 3월 12일 세화 올림

3부

묵연, 조선 선비의 향기

먹 향기로 이어진 고귀한 인연

송나라 때 왕응린(王應麟)이 쓴 『삼자경(三子經)』에 "기르되 가르치지 않는 것은 아버지의 잘못이고, 엄하게 교육시키지 않는 것은 스승의 게으름 탓[養不教父之過 教不嚴師之惰]"이라고 했다. 예나 지금이나 참 교육은 부모님의 정성이 선생님의 사명감과 함께 어우러져 배우는 이의 감사와 존경으로 나타날 때 실현되는 것이다.

학덕이 높은 선비 한 사람이 경상도 산청의 수령으로 부임했다. 그는 한참 배울 나이인 아들을 위해 마침 서울에서 내려와 있던 선비에게 아들 교육을 부탁했다. 그 자신도 후학인 그 선비에게 청해 삶의 지표가 되는 글씨를 얻어 벽에 붙여놓고 아침저녁으로 보면서 치심(治心) 위학(爲學)의 요결로 삼았다.

그로부터 60년 세월이 지난 후, 그의 손자는 아버지의 유품을 정리하다가 우연히 할아버지의 손때가 묻어 '벌레와 쥐조차 비켜간' 선비의 유묵과 할아버지가 쓴 주옥같은 글을 발견하고 이를 작은아버지에게 전한다. 그리고 이 아름다운 사연은 80세를 바라보는 작은아버지를 통해 눈물과 감동의 명문장으로 다시 태어나게 된다.

이 글에는 묵향으로 이어진 조선 선비의 지란지교(芝蘭之交)와 한 명문가의 3대에 걸친 학예연찬이 한 폭의 수채화가 되어 담겨 있다.

함양 오씨 咸陽 吳氏

오장(吳長, 1565~1617)

자는 익승(翼承), 호는 사호(思湖)이다. 당대의 대학자 한강 정구 문하에서 공부했으며 한강의 조카사위인 여헌 장현광(旅軒 張顯光, 1554~1637) 등과 교류했다.

동강 김우옹(東岡 金宇顒, 1540~1620)의 천거로 여헌과 함께 벼슬길에 올랐는데 임진왜란이 일어나 길이 막히자 임지로 가지 못하고 바로 의병으로 활약했다.

1595년 진안현감이 되었다가 1610년(광해군 2년)에 식년문과에 병과로 급제했다. 관직은 정언을 거쳐 경성판관을 지냈으나 영창대군의 옥사와 폐모론에 반대해 영남으로 낙향했다. 이후 영창대군을 죽인 부당함을 들어 광해군에 맞서던 동계 정온(桐溪 鄭蘊, 1569~1641)이

제주도로 유배당하자 영남의 유생들을 이끌고 반대상소를 했다가 토산으로 유배당해 그곳에서 생을 마치게 된다.

한강 문하에서 그는 사물(四勿)과 주정(主靜), 존심(存心) 등의 명(銘)을 지어 스스로를 성찰했고, 서애 유성룡에게서 『예기(禮記)』를 공부하는 등 학문이 깊고 문장과 글씨에 뛰어났다. 김대현의 청에 의해 오장이 쓴 소박한 이 네 쪽의 글씨는 대쪽 같은 조선 선비의 모습을 보여주고 있다.

존심양성(存心養性)은 『맹자』「진심편(盡心篇)」의 '존기심 양기성(存其心 養其性)'에서 나온 말이다. 존(存)은 잡고 놓지 않음을 이르고 양(養)은 순(順)히 하고 해치지 않음을 이른다. 즉, 사람의 신명(神明)인 마음을 보존해 하늘로부터 부여받은 선한 본성을 기르는 것을 의미한다. 맹자는 이를 하늘을 섬기는 행위, 이른바 '사천(事天)'으로 정의했다.

지경주정(持敬主靜)은 마음속 경(敬)의 태도를 유지하기 위해 마음을 맑고 고요한 상태로 만드는 것을 말한다. 단순하게 정의하면, 지경주정은 존심양성에 이르는 격식으로 퇴계학파는 이를 성리학적 수양 방법으로 삼았다.

存心養性持敬主靜

오장의 글씨

풍산 김씨 豊山 金氏

김대현(金大賢, 1553~1602)

자는 희지(希之), 호는 유연당(悠然堂)이다. 경상북도 영주(榮州)에서 태어나 우계 성혼에게 학문을 배워 1582년 사마시에 합격했다. 거듭된 천거에도 벼슬길에 나가지 않다가 임진왜란이 일어나자 의병 활동을 했으며 1601년 산음현감으로 선정을 베풀던 중 병으로 죽었다.

이황을 존경해 학문과 사상에 많은 영향을 받았고 도연명을 좋아해 스스로 당호를 유연당이라고 명했다. 도연명의 시 "동쪽 울타리 밑에서 국화를 캐고 한가로이 남산을 바라다본다[采菊東籬下 悠然見南山]"에서 따온 것이다.

김대현은 아들 여덟을 두었다. '지초, 난초와 아름다운 나무가 뜰의 섬돌에 나서 자란다[芝蘭玉樹 生庭堦]'고 했던가. 8형제 모두 사마시에 합격했고 그중 5형제는 문과에 급제했다. '팔련오계(八蓮五桂)'라는 아름다운 이름으로 영남 지방뿐 아니라 전국에서 손꼽히는 명문가는 이렇게 탄생한다.

存心 養性 持敬 主靜

請於師丈作中字 附諸壁上 日夕體究且問

師丈曰 心是甚物 如何而能存

性是甚體 如何而能養 聖學多端 何以必欲持敬

人生日用 多在動上 何以必欲主靜

誠之用功 情之所發 亦宜潛玩問辨

大槩 爲學必要 於身心上 有切要工夫

不然 雖究天人之際 談性命之理 何益

汝以蒙學 師丈有教 必不能聲入心通

今日問之 明日辨之 不嫌其遲 必期瑩然後已

존심, 양성, 지경, 주정[141]

선생에게 이 네 글을 중간 크기 글씨로 청해 벽에 붙여놓고 밤낮으로 궁리했다. 또 선생에게 '심(心)은 무엇이며 어떻게 지켜야 하는가? 성(性)은 무엇이며 어떻게 닦아 기르는가? 성학을 좇는 길은 다단한데, 경(敬)을 왜 그렇게 지키려고 하는가? 삶에 있어서 일상의 많은 부분이 움직임 위에 존재하는데 어찌해 마음을 반드시 고요한 상태로 만들고 싶어 하는가?'에 대해 물었다.

성(誠)의 힘씀과 정(情)의 발함에 대해서는 당연히 문변을 깊이 살펴봐야 한다. 대체로 학문하는 일은 몸과 마음에 필요한 것이니 힘써 공부해야 하는 것이다. 그렇게 하지 않으면서 하늘의 도와 사람의 일을 궁구하고 성(性)과 명(命)[142]을 말한들 무슨 도움이 되겠는가?

너의 어리석은 학문으로는 선생님의 가르침을 필시 마음으로 들을 수는 없을 것이다.

오늘 묻고 내일 밝히며, 그 깨달음이 더딤을 부끄러워 말지니, 반드

存心 持敬
養性 主靜
請於
師丈作中字附諸壁上日夕體究且問
師丈曰心是甚物如何而能存性是甚
體如何而能養聖學多端何以欲持
敬人生日用多在動上何以欲主靜
誠之用功情之所發亦宜潛玩問
辨大槩爲學必要於身心上存
功要工夫不然雖究天人之際談
性命之理何益汝以蒙學
師丈有教必不能聲入心通今日聞之明
日辨之不續其擇必期然至然後已

김대현의 글

시 밝게 빛나는 후일을 기약해야 할 따름이다.

김응조(金應祖, 1587~1667)

자는 효징(孝徵), 호는 학사(鶴沙)이다. 김대현의 아들 8형제 중 여섯째로 태어났다. 1623년 알성시문과에 응시해 병과로 급제했다. 17세 때 유성룡을 사사했으며 이후 장현광의 문하에서 학문을 닦았는데, 장현광은 오장과 깊은 교류를 맺고 있던 당대의 대학자이다.

그는 인조, 효종, 현종 3대에 걸쳐 벼슬살이를 했다. 1656년 예조참의로 재직하던 중 '마음을 닦아 본성을 기를 것, 하늘을 공경하고 백성을 사랑할 것, 문(文)을 숭상해 학문을 일으킬 것' 등을 건의했다. 특히 마음을 닦아 본성을 길러야 한다는 것은 그의 아버지 김대현이 평생의 덕목으로 삼았던 사상과 일치한다.

萬曆辛丑年 吾先君出宰山陰縣 吾先兄廣麓公 奉板輿以行

趨庭之暇 往來受易 于縣居吳正言翼軒公長

仍與同棲智谷寺 以便講劘

蓋公天分甚高 如蘭薰而蕙芳 玉潔而金精

夙聞詩禮之訓 早游明師之門 銳意爲學 其進未已

先君知其將有得也 手書存心養性持敬主靜八字 繼以數行語寄之

且令請翼軒公筆之 以貼壁而觀省焉

萬曆辛丑年吾
先君出宰山陰縣吾 先兄廣灘公奉
板輿以行趁庭之暇往來受易于縣居吳[illegible]言翼軒公長偶與
同接智谷寺以便請劘益 公天分甚高如蘭薰而[illegible]芳玉潔而
金精夙聞詩禮之訓早游明師之門銳意為學其進未已
先君知其將有得也手書存心養性持敬主靜八字繼以數行語寄
之且令請翼軒公筆之以貼壁而觀省焉其翌年壬寅春
先君易[illegible]于縣之公館後十二年而 先兄下世後又若干年而翼軒
公卒於謫所不肖孤[illegible][illegible]死竊居此世而猶言猶食今又逢壬寅春
[illegible]時任搜取
[illegible]翼軒公筆跡作帖子粧績之噫 先兄一生學訣在是矣
經今六十餘年手澤如新其得免為虫鼠食而獲全於兩世喪禍
之餘者豈非有數存歟 余[illegible]有感於家[illegible]遠至意 遂揮淚而書
壬寅四月上澣日不肖孤應祖書

김응조의 글

其翼年 壬寅春 先君易簀于縣之公館
後十二年 而先兄下世 後又若干年 而翼軒公卒於謫所
不肖孤尙未死 覼居此世 而猶言猶食 今又逢壬寅春(矣)

(家姪)時任 搜取(先君及)翼軒公筆跡 作帖子粧績之
噫 先兄一生學訣在是矣
經今六十餘年 手澤如新 其得免爲蟲鼠食
而獲全於兩世喪禍之餘者 豈非有數存歟
余竊有感於家姪 追遠至意 遂揮淚而書
_ 壬寅 四月 上澣日 不肖 孤 應祖

1601년 아버지께서 산음현에 부임하시면서 형님 광록공께서는 아버지를 모시고 가르침을 받으셨고, 같은 현에 계시던 정언 익헌공 오장 댁에 자주 왕래해 『주역』을 배웠으며 또 지곡사에 함께 머물며 학문을 닦으셨다.
공은 타고난 자질이 뛰어나 난과 혜란의 향기를 닮았으며, 옥의 순결함과 금의 아름다움을 지녔다. 일찍이 시와 예의 가르침을 들었고, 훌륭한 선생님의 문하에서 배워 끝없이 정진했다.
아버지께서는 공이 크게 될 것을 믿고 존심, 양성, 지경, 주정, 이 여덟 자와 몇 말씀을 써주셨고, 또 익헌공에게 부탁해 그 글씨를 쓰게 하여 벽에 붙여두고 항상 보고 깨닫도록 하셨다.

이듬해 1602년 봄, 아버지께서 현의 공관에서 돌아가시고 12년 뒤에 형님께서 돌아가셨다.

그리고 또 몇 년 후에 익헌공께서 귀양지에서 돌아가시면서, 불초 자식 홀로 죽지 않고 남아 이 세상을 지켜보며 그저 그렇게 살아가면서 지금 또 한 번 새로운 임인년 봄을 맞게 되었다.

조카가 벼슬길에 나가면서 아버지와 익헌공의 필적을 찾아내어 서첩으로 꾸며놓았다.

아! 형님의 일생에 걸친 배움의 요체가 여기에 있구나.

60년이 지나도 여전히 손때가 새롭고 벌레나 쥐의 먹이가 되지 않은 채, 두 세대의 상화에도 온전히 보존되어 전하니 이 얼마나 다행스러운 일인가.

조카가 돌아가신 어른들을 생각하는 정성에 매우 감동하면서, 나는 마침내 눈물을 흘리며 이 글을 적는다.

— 1662년 4월 상순 불초 아들[143] 응조 씀

청주 정씨 淸州 鄭氏

정구(鄭逑, 1543~1620)

자는 도가(道可), 호는 한강(寒岡)이다. 우리나라 유학사의 정통을 계승한 대학자 한훤당 김굉필(寒暄堂 金宏弼, 1454~1504)의 외증손이며, 판서 정사중(鄭思中)의 아들이다.

7세 때 『논어』와 『대학』을 배워 대의(大義)에 통했으며, 12세 때 종이모부이며 조식(曺植)의 고제자(高弟子)였던 오건(吳健)의 문하에서 『주역』을 배울 정도로 영민하고 재주가 뛰어나 일찌감치 신동으로 불렸다. 이후 당대 조선 유학의 양대 산맥인 이황과 조식, 두 거유(巨儒)에게 성리학을 배웠다.

1573년 김우옹의 천거로 예빈시참봉(禮賓寺參奉)에 제수되었으나 부임하지 않았다. 계속 관직에 제수되었으나 그때마다 사임하고 학문에만 전념했다. 마침내 1584년 동복현감으로 관직을 시작하게 된 그는 이후 임진왜란이 일어나자 의병 활동을 했으며, 전쟁이 끝난 후에는 우승지, 강원도관찰사, 공조참판, 대사헌 등 관직을 역임했다.

학문의 자세와 인격 수양 방법은 이황을 닮았고, 호방한 천성과 원대한 기상은 조식을 본받았으며, 우주 공간의 모든 세계를 학문의 연구 대상으로 보았다. 그는 경서, 예학, 병학, 의학, 역사, 천문, 풍수지리 등 모든 분야에 통달했는데 그중에서도 예학은 특출했다.

저서 『오선생예설분류(五先生禮說分類)』는 정호(程顥), 정이(程頤), 장재(張載), 사마광(司馬光), 주희의 예설을 집대성한 것으로 도덕지상주의적인 이론을 담고 있다. 성리학에 관한 대표작으로 『심경발휘(心經發揮)』를 남겼다.

行燕京 __

脈脈車簾落日含

望中烟樹是燕南

崢嶸歲色輶軒過

牢落行裝潞水淡

蘋果熟時曾貰酒

臘梅香裡又停驂

孤吟忽覺雙眸倦

十里悠揚一夢甘

__ 寒崗 謹呈

春後台座

연경 가는 길 __

수레 발 연이어 저문 해를 품으면

안개 낀 숲에서 연남을 바라본다

사신의 수레는 완연한 세모를 지나는데

쓸쓸한 차림새 노수는 맑아라

빈과[144] 익을 때면 술을 사고

납매 향기 아래 수레를 멈추네

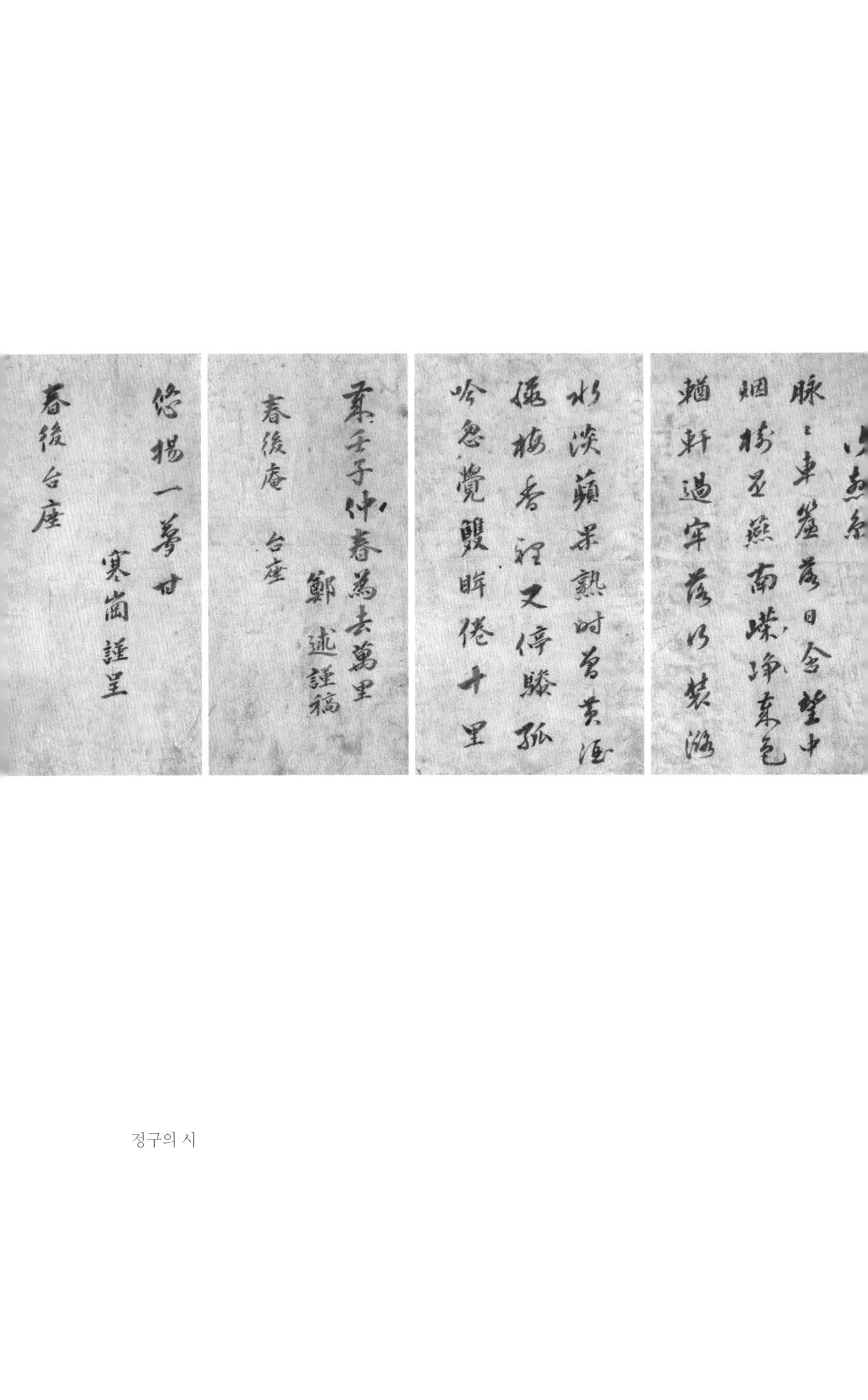

정구의 시

홀로 시를 읊다가 두 눈이 고달프면

아득한 십릿길 단꿈을 꾼다

— 한강 올림

춘후[145] 대감께

창녕 성씨昌寧 成氏

성혼(成渾, 1535~1598)

자는 호원(浩原), 호는 묵암(默庵)·우계(牛溪)이다. 청송 성수침(聽松 成守琛)의 아들로 서울 순화동에서 태어나 경기도 파주 우계(牛溪)에서 살았다.

16세에 생원, 진사의 양장(兩場) 초시에 모두 합격했으나 복시에 응하지 않고 백인걸(白仁傑, 1497~1579)의 문하에서 『상서(尙書)』를 배우는 등 학문에 전념했다.

1554년 같은 고을에 살던 이이를 만나 평생지기가 되고, 1568년 이황을 만난 뒤 깊은 영향을 받아 사숙하게 되었다. 여러 차례 관직이 내려졌으나 출사하지 않고 있다가 친구인 이조판서 이이의 출사 권유로 관직 생활을 시작했으며, 이이 사후에는 서인의 중진 지도자로 급부상했다. 임진왜란이 끝난 후 고향으로 돌아와 학문에 힘쓰며 여생을 보냈다. 저서로 『우계집(牛溪集)』, 『주문지결(朱門旨訣)』, 『위학지방(爲學之方)』 등이 있다.

千里行役 好歸衡門 殊慰渴懷

瞥承一訪 未盡窈糾 玆被手札 兼領珍味之貺 喜謝倍增

彦陽了書 謹受之

豊德及籍田 官皆未之識 無以相助 可恨

校書方開 言未一一

餘俟後拜 伏惟下照 謹奉謝復

— 二月 十七日 渾拜

천릿길 행역[146]을 마치고 고향으로 돌아오니 목마른 가슴에 위로가 됩니다.

갑작스럽게 방문해주셔서 깊은 시름을 다 풀지도 못했는데, 지금 편지와 귀한 음식을 받게 되니 기쁨과 감사가 더합니다.

언양에서 보낸 글도 잘 받았습니다.

풍덕과 적전[147] 일은 관에서 모두 알지 못해 서로 도울 수 없어서 참 안타깝습니다.

교서관이 막 열려 세세하게 다 말씀드릴 수 없습니다.

나머지는 훗날 찾아뵙고 말씀 드리기로 하고 이만 줄입니다.

살펴주십시오. 삼가 감사드리며 답장을 올립니다.

— 2월 17일 혼 올림

성혼의 간찰

주

1 『장자(莊子)』「소요유(逍遙遊)」에 나온다.

2 호월(胡越)은 호(胡)와 월(越)의 땅이 각각 북방과 남방에 있기 때문에 서로 멀리 떨어진 것을 비유하는 말이다. 「회남자(淮南子)」에 "다르다는 관점에서 보면 간과 쓸개도 호월이 되고, 같다는 시각에서 보면 만물이 한 울타리 안에 있다[自其異者視之 肝膽胡越 自其同者視之 萬物一圈也]"는 말이 나온다.

3 의복(倚伏)은 화가 변해 복이 되고 복이 변해 화가 되는 것을 의미한다. "화는 복이 기대는 바이고, 복은 화가 엎드려 있는 바다[禍兮福之所倚 福兮禍之所伏]"에서 나왔다. 『노자(老子)』 58장에 나온다.

4 금인(金人)의 명(銘)이란 말을 조심해야 한다는 고사다. 주(周)나라 후직(后稷)의 사당 앞에 있는 금인의 입을 세 번 봉하고, 그 등에 "옛날에 말을 조심한 사람이다"라고 명을 새긴 데서 나왔다. 『공자가어(孔子家語)』「관주(觀周)」에 나온다.

5 이 기행문은 잘 도침된 장지에 당먹으로 쓰였고 크기는 98×35센티미터다. 국립중앙박물관에는 40.4×45.3센티미터 크기의 작은 『백운계기(白雲溪記)』가 있는데 내용과 글씨체를 볼 때 같은 시기 것으로 판단된다.

6 용주(龍洲) 공은 조경(趙絅, 1586~1669)을 이른다. 본관은 한양, 자는 일장(日章), 호는 용주(龍洲), 주봉(柱峯)이다. 1636년 병자호란 때 척화를 주장했다. 대사간, 대제학, 이조와 형조의 판서를 거쳐 1653년 은퇴해 포천에서 여생을 보냈다.

7 이민구(李敏求, 1589~1670)를 이른다. 본관은 전주, 자는 자시(子時), 호는

동주(東洲)·관해(觀海)이다. 실학자 이수광(李睟光)의 아들로 1612년(광해군 4년) 증광문과에 장원급제해 수찬, 병조좌랑, 지평, 응교 등을 지냈다. 병자호란 후에는 임금을 잘못 모신 죄로 유배되었으나 1649년 풀려나온 뒤에 대사성, 예조참판 등을 지냈다. 문장이 뛰어나고 사부(詞賦)에 능했다.

8 사형(査兄)은 바깥사돈 사이에 상대편을 높여 일컫는 말이다. 이 편지는 편지지를 말아서 보내는 형식이므로 뒷면에 비치는 글씨가 수신인을 나타낸다.

9 하사(下史)는 집사. 편지봉투에 수신인 이름을 직접 쓰는 것은 실례이므로 그 아랫사람을 지칭함으로써 상대방을 높이는 관용적 표현이다.

10 절선(節宣)은 상대방의 안부를 묻는 인사말이다.

11 백분(伯奮)은 윤원거(尹元擧, 1601~1672)를 이른다. 자는 백분, 호는 용서(龍西). 윤전의 아들이다.

12 요역(徭役)은 나라에서 시키는 부역.

13 남의 어머니를 높여 부르는 말이다.

14 유질지우(惟疾之憂)는 『논어』「위정편(爲政篇)」의 "부모는 자식의 병을 근심한다[父母惟其疾之憂]"에서 인용했다.

15 윤증과 송시열이 서로 비방하며 대립한 사건으로 서인이 노론과 소론으로 분파되는 계기 가운데 하나였다. 송시열이 살던 곳이 회덕이고 윤증이 살던 곳이 이성이어서 그 첫 자를 따 '회니시비'라 했다.

16 번포(煩逋)란 번거롭게 자신의 이름을 쓰지 않는다는 말. 편한 사이에 보내는 편지 끝에 쓴다.

17 서로 잊지 않고 기억하는 사이에 자신을 낮춰 이르는 말이다.

18 지금의 회덕(대전).

19 해아(海衙)는 바닷가에 소재한 관아를 뜻한다.

20 참척(慘慼, 慘戚)은 손아랫사람의 상을 말한다.

21 남계(南溪)는 박세채를 말한다. 본관은 반남(潘南)이며, 자는 화숙(和叔), 호는 현석(玄石) 또는 남계(南溪)다. 복상 문제에서는 송시열을 지지했다.

22 회덕. 송시열이 살던 곳으로 송시열을 지칭한다.

23 윤증뿐 아니라 조선 사대부들은 주위의 평판이나 선비들의 견제를 늘 신경써야 했다. 그래서 간찰에는 직접적인 표현을 삼간 것이 많고 아예 핵심은 쏙

빼놓고 보내기도 하며, 심지어 보고 나서 태워버리라고 쓰기도 했다. 그것이 빌미가 되어 옥사와 분쟁이 일어나는 것을 목격했기 때문일 수도 있고, 조심하고 절제하며 사는 것이 사대부의 숙명이기도 했기 때문일 것이다.

24 심덕승(沈德升)은 심제(沈梯)를 말한다. 본관은 청송(青松), 자는 덕승(德升)이다. 송시열의 문인으로 처음에는 윤증과 교분이 매우 두터웠으나 송시열이 죽은 후에는 윤증과 절교했다.

25 임금이나 왕실을 위해 충성을 다함.

26 하인(下人)은 상대방을 직접 지칭하지 않고 그 아래에서 일하는 사람을 일컬어 상대를 높이는 상투적인 표현이다.

27 초포(草浦)는 은진 송씨 본향인 은진 가까이 있는 곳의 지명이다.

28 구양수(歐陽脩)와 소식(蘇軾)의 편지를 모아 발간한 책.

29 이 편지를 쓸 당시 송시열은 2차 예송 문제로 장기(포항 근처)로 귀양을 갔다.

30 선장(先丈)은 상대의 돌아가신 아버지를 일컫는다.

31 '임금의 살리기를 좋아하는 은혜'를 일컫는다. 법관인 고요(皐陶)가 순임금의 '살리기 좋아하는 덕[好生之德]'을 찬양하면서 "무고한 사람을 죽이기보다는 차라리 형법대로 집행하지 않는다는 비난을 감수하려 했다"고 한 데서 인용한 말이다. 『서경』「대우모(大禹謨)」에 나온다.

32 진아(珍衙)는 진산(珍山) 관아로 보인다. 형 송시묵이 당시 진산군수로 재직 중이었다.

33 청남(淸南)은 조선 숙종 때 남인으로부터 갈라진 당파로 서인에 대한 강경한 입장을 견지하고 대립했다.

34 시사(侍史)는 윗사람의 곁에서 문서를 맡아보는 사람을 뜻하는 말이나, 편지 봉투에 상대방을 높이는 표현으로 쓰인다.

35 서보(西報)는 여러 문헌으로 미루어 볼 때 중국 정세인 듯하다.

36 1622년 당시 조익은 인목대비 유폐 사건이 일어나자 관직을 버리고 광주(廣州)에 은거했다.

37 조복양의 아우인 조내양(趙來陽)의 아들 조지헌(趙持憲). 훗날 조지겸 사후에 조지헌의 아들 조명정(趙命禎)을 후사로 삼았다.

38 印章(인장)은 다음과 같다. 증언(贈言), 유희한묵(游戲翰墨), 상사천리(相思千

里), 화산세가(花山世家, 안동 옛 이름), 권격(權格), 정숙지장(正叔之章).

39 정주(靜州)는 영광 법성포의 옛 이름.

40 홍석기(洪錫箕, 1606~1680). 1669년 영광군수로 임명되었다.

41 홍석기는 1641년 정시문과에서 장원했다.

42 몸 굽힘, 확굴(蠖屈)은 척확지굴(尺蠖之屈)에서 나온 말이다. 자벌레가 몸을 움츠리듯 사람이 뜻을 얻지 못해 잠시 움츠리는 것을 비유한다. 『주역』「계사편(繫辭篇)」에 나온다.

43 금란계(金蘭契)는 '두 사람이 한마음이 되면 쇠를 자를 만큼 날카롭고 하나 된 마음에서 나온 말은 그 향기가 난초 같다[二人同心 其利斷金 同心之言 其臭如蘭]'에서 따왔다. 『주역』「계사편」에 나온다.

44 최립(崔立)은 인명. 미상이다.

45 대계(臺啓)란 조선시대 사헌부 사간원에서 유죄로 고해 아뢰는 일을 말한다.

46 부녀자의 나들이 또는 집안에서의 행실을 뜻한다.

47 자나 호로 보인다. 미상이다.

48 2품 이상 높은 관리들이 별도로 관리 후보를 천거하는 일을 말한다.

49 자나 호로 보인다. 미상이다.

50 1700년에 인현왕후의 병이 깊었다. 인현왕후는 그 이듬해 세상을 떠났다. 따라서 이 편지의 작성 연대를 1700년으로 추정한다.

51 지방에 임시로 내려보낸 관리를 일컫는다.

52 전라도 나주목 회진현을 말한다.

53 1725년 당시 유봉휘는 좌의정을 역임했다.

54 하집사(下執事)는 편지에 수신인의 이름을 직접 쓰는 것이 실례라 여겨, 그 아래 일하는 사람을 지칭함으로써 상대방을 높이는 관용적 표현이다.

55 윤번으로 하는 숙직.

56 죽은 사람의 이름, 생몰연월일, 행적, 무덤 소재를 기록해 묻는 도판(陶板).

57 높은 지위에 있는 사람이 지위 낮은 사람에게 공식적으로 주는 글발.

58 『논어』「위령공편(衛靈公篇)」에 "지혜가 충분하고 인이 그것을 지켜도 장엄한 태도로 임하지 않으면 백성이 공경하지 않는다[知及之 仁能守之 不莊以涖之 則民不敬]"에서 온 표현으로, 목민관의 덕목으로 풀이했다.

59 거짓으로 속이는 일.

60 왈위개세(曰爲改歲)는 『시경』「빈풍(豳風)」에 "해가 바뀌게 되었다"는 표현으로 사용되었다.

61 선시(先諡)는 임금이 돌아가신 선조의 시호를 내린 일을 말한다.

62 김창집, 조태채, 이이명, 이건명(李健命)

63 조선시대 성균관에서 유학을 가르치던 종3품직 벼슬 이름이다.

64 농장을 지키는 일.

65 국가에서 신공(身貢)을 거두어들이는 종.

66 복유아량(伏惟雅亮)은 글을 줄이는 사연을 잘 헤아려달라고 편지 끝에 쓰는 관용구이다. 아(雅)는 비슷한 연배의 상대방을 높여 부르는 말이다.

67 이 시기에 김수항은 전라도 영암에서 유배 중이었다.

68 격식을 생략한다는 뜻인데, 주로 상중인 사람에게 보내는 편지 첫머리에 쓴다.

69 각획(刻劃)은 새기고 그린다는 의미로, 신경 써서 글을 썼다는 뜻으로 쓰였다.

70 미상이다.

71 『논어』「학이편(學而篇)」의 "제자, 집에 들어와서는 어버이께 효도하고, 집 밖에 나가면 공손하고 삼가고 신의를 지키며 널리 많은 사람을 사랑하되 어진이와 친해야 한다. 이렇게 행하고도 남는 힘이 있으면 곧 학문을 해야 한다 [弟子 入則孝 出則悌 謹而信 汎愛衆而親仁 行有餘力 則以學文]"에서 인용했다.

72 『농암집』에는 김창협과 주고받은 편지가 전하나 생몰년 등 구체적인 인물 정보는 알려진 것이 없다.

73 오서(吳壻)는 김창협의 셋째 사위 오진주(吳晋周)다. 오진주는 오두인의 아들이다.

74 김창협은 1703년 모친상을 당했다.

75 위장(慰狀)은 상중에 있는 사람에게 보내는 위문편지를 말한다.

76 일로(佚老)는 김성최(金盛最, 1645~1713?)로 자는 최량(最良)이며 호는 일로당(佚老堂)이다. 관직으로 단양군수, 목사(牧使)를 지냈다. 술을 즐겼고 시조에 뛰어났으며, 노래와 거문고도 잘했다.

77 동족 또는 동성 중에서 같은 항렬에 자신보다 나이가 많은 남자를 일컫는 말. 나이가 어리면 종제(宗弟)라 한다.

78 현호(懸弧)는 생일이라는 뜻이다. 아들이 태어나면 대문 왼쪽에 활을 걸어두었기 때문에 생긴 말이다.

79 적월(積月)의 남은 날짜로 윤월(閏月)을 두는 것을 말한다.

80 김창업의 팔촌인 김성후(金盛後)의 자. 김성후는 돈령부도정(敦寧府都正)을 지낸 김수일(金壽一)의 셋째 아들이다.

81 원래 일가로 유복친(有服親), 즉 8촌 이외의 같은 항렬에서 형뻘 되는 사람을 말하지만, 여기서는 김성후가 8촌이므로 집안 형으로 보아야 한다.

82 일로 김성최.

83 위가(韋家)는 당나라 잠삼(岑參)의 「위원외화수가(韋員外花樹歌)」라는 시에 "조회에서 돌아와서는 늘 꽃나무 아래 모이나니, 꽃이 옥 항아리에 떨어져 봄술이 향기로워라[朝回花底恒會客 花撲玉缸春酒香]"에서 유래했다. 봄날 친족끼리의 모임을 뜻한다.

84 이름의 '緝'은 '집' 또는 '즙'으로 읽을 수 있으나 형의 이름이 '창집(昌集)'이어서 '창즙'으로 읽는 것이 당연하다.

85 1708년 김창협의 사망을 말한다.

86 세기(世記)란 집안 사이에 대대로 교분이 있으며 나이가 자기보다 많은 사람을 대할 때 자신을 일컫는 말이다.

87 1646년(인조 24년) 소현세자의 빈 강 씨가 사사된 강빈옥사(姜嬪獄事).

88 쓰고 버리고 떨어뜨리고 올릴 수 있는 권력.

89 회덕에 사는 송시열을 지칭한다.

90 동지 뒤 셋째 술일(戌日)인 납일(臘日)에 즈음해 임금이 근신에게 하사하는 약이다. 섣달에 내의원에서 만든 소합원(蘇合元), 안신원(安神元), 청심원(淸心元) 같은 것을 말한다.

91 원래 '저(儲)'를 쓰는 것이 일반적이나, 구태여 지우고 '저(楮)'를 쓴 것을 보면 닥종이로 만든 한지를 강조한 것으로 보인다.

92 개성. 민진후는 1719년 11월 개성유수로 부임했다가 이듬해 5월, 62세를 일기로 세상을 떠났다.

93 공회지통(孔懷之痛)은 형제를 잃은 슬픔을 말한다. "죽음에 대한 두려움, 형제가 서로 크게 생각하네[死喪之威 兄弟孔懷]"에서 온 말이다. 『시경』 「소아

(小雅)」에 나온다.

94 참척(慘戚)은 손아랫사람의 상.

95 이 시기에 쓴 같은 필체에 수신인과 내용 일부만 약간 다른 편지도 전한다. 한국고간찰연구회, 『옛 문인들의 초서간찰』, 196쪽(다운샘, 2003년).

96 누(累)는 박(縛)의 뜻으로 유배자(流配者)의 자칭이다.

97 이명의(李明誼, 1670~1728)를 지칭하는 듯하다. 1723년 9월 광주부윤으로 재직했다.

98 양산(楊山)은 황해도 안악으로 보인다.

99 여주 내 지명으로 보인다.

100 홍주 내 지명으로 보인다.

101 『조선왕조실록』「영조 18년(1742년)」.

102 민진원의 둘째 아들 민형수.

103 김복택(金福澤, 1682~1740). 본관은 광산. 만기(萬基)의 손자이며 인경왕후의 조카다. 신임사화에 연루되어 거제도에 유배되었다가 1724년 유배에서 풀려났다. 그러나 신임사화 때 노론파의 대다수가 죽었는데도 유배만 당한 사실과 신임사화를 비난한 것이 영조의 비위에 거슬려 1740년 투옥되고 옥에서 장독으로 죽었다.

104 『서경』「익직(益稷)」에 "무슨 일을 행하기만 하면 크게 호응하면서 임금의 뜻을 따를 것이다[惟動丕應徯志]"에서 인용했다.

105 흉안(凶案)은 영조 16년(1740년) '위시사건(僞詩事件)'을 말한다. 민형수는 소론에 속하면서 노소탕평을 주도하던 우의정 조현명을 만나, 이전에 숙종이 이이명을 불러[丁酉獨對] 연잉군을 후사로 정할 것을 부탁했고 이를 7언시로 써 이이명이 추천한 서포 김만중의 손자 김용택(金龍澤)에게 내렸다는 사실을 말하면서, 그 시를 직접 보았다고 했다. 이는 경종을 몰아내려 한 노론의 행동이 정당했음을 밝히고자 함이었다. 조현명에게서 이 사실을 들은 영조는 김용택의 아들 김원재(金遠材)를 국문한 후 숙종의 유시가 위조된 것이라고 결론을 내리게 된다. 영조의 이러한 일련의 조치는 나름대로 과거사 정리 방식이었다. 즉 자신의 세제 대리청정은 역모가 아니라 대비와 경종의 하교에 의한 조치라고 결론지어 왕위 계승의 정통성을 밝히고 아울러 노소

탕평의 대의를 천명하고자 한 것이었다. 이때 민형수는 영조의 탕평책과 어긋난 언행으로 밀려난 부친 민진원의 신원을 위하여 소론 영수 이광좌와 극단적으로 대립하던 중이었는데 이 사건으로 함께 국문을 받으면서 정신적으로 큰 고통을 당하게 되었다. 이어 동지사의 부사로 발탁되어 떠나면서 이를 해명하는 상소를 한다.

106 '이(利)의 큰 것[利之大者]'은 '此皆利之大者也'. 『자치통감(資治通鑑)』에 나오는 표현이다.

107 원문에는 '만종(萬鍾)'으로 되어 있으며, 종(鍾)은 쌀 '6곡(斛) 3승(升)'에 해당하는 많은 녹봉을 가리킨다.

108 문충(文忠)은 민정중, 문정(文貞)은 민유중의 시호이다.

109 언론과 풍지는 말이나 글로 견해를 나타내는 일과 풍채 그리고 뜻을 말한다.

110 지재(趾齋)는 민진후의 호이다. 진후, 진원 형제를 가리킨다.

111 노봉(老峯)은 민정중의 호이다.

112 경주부군(慶州府君)은 민창수의 고조부 민기(閔機, 1568~1641. 자는 자선(子善). 1636년에 경주부윤을 지냈다), 감사부군(監司府君)은 증조부 민광훈(閔光勳, 1595~1659. 자는 중집(仲集). 1653년 강원감사를 지냈다)다.

113 선부군(先府君) 형제는 돌아가신 아버지 형제, 즉 민진후, 진원 형제를 말한다.

114 육조의 판서와 삼정승, 즉 높은 재상의 지위를 통틀어 일컫는다.

115 인척 또는 외척으로 나이나 항렬이 낮은 사람을 대할 때 자기를 가리키는 말이다.

116 당시 동래부사는 구택규(具宅奎, 1693~1754)였다.

117 인척 형에 대해 자신을 낮춰 부르는 말이다.

118 예법상 상복은 벗었으나 슬픔이 가시지 않아 대상(大祥)이 지난 뒤 담제(禫祭)까지 입는 복이 심제(心制)이며, 그에 해당하는 사람이 심제인이다.

119 장례 이후 탈상까지 죽은 이의 혼백이나 신주를 모셔두는 곳을 말한다.

120 집사(執事) 또는 시하인(侍下人)이라고도 쓴다. 하인, 하사와 같은 말.

121 천봉(遷奉)은 천장(遷葬), 즉 이장을 말한다.

122 삼로(三老)는 종종 한 지방의 장로로서 그 지방의 교화를 맡은 사람을 일컫는데, 여기서는 미상이다.

123 속절(俗節: 정월초하루, 대보름, 한식, 삼진, 단오, 등)에 지내는 제사. 철따라 명절 등에 지낸다.

124 1706년 4월 30일 조태구는 평안도관찰사로 임명되었다.

125 원문에는 '명승(冥升)'으로 되어 있으며, 상례를 뛰어넘는 무모한 승진을 의미한다.

126 변(弁)은 고깔이라는 뜻으로, 고깔을 쓴 무관(武官) 계급을 뜻한다.

127 며칠이고 외출하지 않고 숙직하는 일.

128 용주 조경의 사위 이윤적(李允迪)을 지칭하는 것으로 여겨지나 미상이다.

129 윗사람의 곁에서 문서를 맡아보는 사람. 편지봉투에 상대방을 높여서 쓰는 관용적 표현이다.

130 청렴(靑帘)은 주막집 깃발을 의미한다.

131 '버드나무 우거진 거리'라는 뜻인데, 당나라 왕유는 은일의 선비를 찾아갔다가 만나지 못하고 "유시 남쪽으로 은자를 만나러 간다[柳市南頭訪隱淪]"고 썼다.

132 호야(湖爺)는 호주(湖洲) 채유후(蔡裕後, 1599~1660)다. 이 시는 채유후의 시에 화답한 시로, 원래는 같은 첩(帖)에 나란히 합철(合綴)되어 있었다.

133 가십(佳什)은 시를 열 편씩 모아 한 권으로 만든 일에서 유래해 시, 또는 타인의 시에 대한 높임말로 사용되었다.

134 박세당의 맏아들 태유는 1686년 병으로 갑자기 세상을 떠났다. 한국민족대백과사전, 두산백과 등 다수 문헌에서 사망 연도에 오류가 보인다.

135 명재 윤증이 쓴 「박사원 묘표(朴士元 墓表)」 등에 의하면, 박태보의 유배지는 진도이다.

136 과기(瓜期)는 부임했다가 교대하는 시기를 말한다. 제나라 양공이 '연칭(連稱)'과 '관지부(管至父)'를 규구(葵丘)로 보내 지키게 하면서 "참외가 익을 때 보내니 명년 참외가 익을 때 교대시키겠다"고 약속한 고사에서 나온 말이다. 『춘추좌전(春秋左傳)』「장공(莊公)」에 나온다.

137 상소문의 초고.

138 동급 또는 하급 관청에 보내는 공문. 관자(關子)라고도 한다.

139 남의 몸가짐이나 모습을 높여 이르는 말. 당나라의 원덕수(元德秀)의 자가

자지(紫芝)이다. 재상 방관이 덕수를 만나면 항상 탄식하면서 '자지의 미우(眉宇)를 보면 사람으로 하여금 명리(名利)의 마음이 다 녹아나게 한다'고 한 데서 유래했다.

140 개청(揩靑)은 눈을 닦고 반긴다는 뜻이다. 식청(拭淸)과 같은 말이다.

141 김대현의 글에 따르면 '존심지경 양성주정' 순서로 읽는 것이 맞지만, 뒷면 김응조의 글에 '존심, 양성, 지경, 주정'이라는 구절이 있어 이를 따랐다.

142 『중용』에서는 '천명지위성(天命之謂性)', 즉 천명(天命)을 성(性)이라고 정의했다.

143 고(孤)는 아버지가 돌아가신 것을 말한다.

144 네가래(부평초 종류)의 열매로 보이나 정확하지 않다.

145 이 시는 1612년 2월 연행을 떠난 춘후 대감을 위해 쓴 것이다.

146 관명을 좇아 벌이는 토목사업 또는 국경을 지키는 일.

147 왕실이 직접 경작하는 논. 적전(籍田)은 장단(長湍)의 서쪽인 개성(開城)과 풍덕(豐德)의 중간에 있는데, 풍덕의 백성만 농군(農軍)을 담당했다.

참고 문헌

단행본

동아대학교 석당전통문화연구원, 『선현필적집(先賢筆蹟集)』, 청문사, 1983.
이두희 외, 『한국 인명 자호 사전』, 계명문화사, 1988.
한욱동 외, 『묵적(墨跡)』, 명문당, 1994.
박영규, 『한 권으로 읽는 조선왕조실록』, 들녘, 1996.
이혜경, 『이야기 조선 왕조 오백년사』, 청솔, 1996.
『성씨의 고향, 중앙일보사』, 2002.
이현희 외, 『이야기 한국사』, 청아출판사, 2003.
『옛 문인(文人)들의 초서간찰(草書簡札)』, 도서출판 다운샘, 2003.
『한국간찰자료선집』, 한국정신문화연구원, 2003.
『조선시대 간찰첩 모음』, 도서출판 다운샘, 2006.
하영휘 외, 『근묵(槿墨)』, 성균관대학교, 2009.
외, 『옛 편지 낱말사전』, 돌베개, 2011.
홍현국, 『한 권에 담은 성씨 족보 양반』, 국학자료원, 2014.
김창겸 외, 『한국 왕실 여성 인물 사전』, 한국학중앙연구원, 2015.
『한국민족문화대백과』, 한국정신문화연구원, 1991.
『두산세계대백과사전』, 두산동아, 1996.
『한마고전총서(汗馬古典叢書)』, 「간독첩(簡牘帖)」, 경남대학교, 2004.
『한마고전총서(汗馬古典叢書)』, 「고간첩(古簡帖)」, 경남대학교, 2005.
『한마고전총서(汗馬古典叢書)』, 「선현간독(先賢簡牘)」, 경남대학교, 2008.

도록

《조선중기서예》, 예술의전당, 1993.
《한국서예이천년(韓國書藝二千年)》, 예술의전당, 2000.
《송준길·송시열(宋浚吉·宋時烈)》, 예술의전당, 2008.

웹사이트

조선왕조실록, 국사편찬위원회
승정원일기, 국사편찬위원회
한국고전종합 DB, 한국고전번역원

명문가의 문장

편지에 담긴 선비들의 삶과 인연

2016년 12월 12일 초판 1쇄 발행

지은이 석한남
펴낸이 우찬규, 박해진
펴낸곳 도서출판 학고재

주 소 서울시 마포구 양화로 85 동현빌딩 4층
전 화 편집 02-745-1722 영업 070-7404-2810
팩 스 02-3210-2775
홈페이지 www.hakgojae.com
이메일 hakgojae@gmail.com
블로그 blog.naver.com/hakgobooks
페이스북 www.facebook.com/hakgojae

ISBN 978-89-5625-342-8 03810

책값은 뒤표지에 있습니다.
잘못된 책은 구입한 곳에서 바꿔드립니다.